Stanley Ellin

Der Acht-Stunden-Mann

Scherz

Einmalige Ausgabe 1999
Diese Taschenbuchausgabe ist eine Auswahl
aus den Originalwerken:
«Kindly Dig Your Grave and Other Wicked Stories» und
«The Blessington Method and Other Mystery Stories»

Gesamtherstellung: Clausen & Bosse, Leck

Der Acht-Stunden-Mann

Der Wecker klingelte wie an jedem Wochentagmorgen genau um sieben Uhr zwanzig, und ohne die Augen aufzumachen, streckte Mr. Keesler eine Hand aus und stellte ihn ab. Seine Frau war schon dabei, Frühstück zu machen – sie rühmte sich gern, einen eingebauten Wecker zu haben, der sie morgens von selber aufstehen ließ –, und der Geruch von gebratenem Speck durchzog das Schlafzimmer. Mr. Keesler kostete das einen Augenblick aus, während er mit geschlossenen Augen auf dem Rücken lag, dann setzte er sich unlustig auf und schwang die Füße aus dem Bett. Seine Brille lag auf dem Nachttisch neben dem Wecker. Er setzte sie auf und blinzelte ins Morgenlicht, gähnte, kratzte sich mit Behagen den Kopf und tastete nach seinen Hausschuhen.

Das Behagen verwandelte sich in milde Gereiztheit. Ein Hausschuh war nicht da. Mr. Keesler kniete sich hin, fuhr mit der Hand unter dem Bett hin und her und fand ihn schließlich. Ein wenig außer Atem stand er auf und ging ins Badezimmer. Als er das Gesicht schon voller Schaum hatte, merkte er, daß die Rasierklinge stumpf war, und gleich

darauf fiel ihm ein, daß er am Tag zuvor vergessen hatte, neue Klingen zu kaufen. Er nahm sich ein paar Minuten länger Zeit und brachte es fertig, eine ganz präsentable, wenn auch schmerzhafte Rasur aus der alten Klinge herauszuholen. Dann wusch er sich, putzte sich sorgfältig die Zähne und kämmte sich die Haare. Er sagte gerne von sich, daß er in ausgezeichneter Verfassung sei; habe er doch schließlich immer Zähne und Haare genug, die der Bürste bedurften.
Wieder im Schlafzimmer, hörte er Mrs. Keeslers Stimme, die vom Fuße der Treppe zu ihm heraufdrang. «Frühstück, Schatz!» rief sie. «Es steht schon auf dem Tisch.»
Es stand in Wahrheit noch nicht auf dem Tisch, das wußte Mr. Keesler. Seine Frau würde erst anfangen, den Tisch zu decken, wenn er in die Küche kam. So war sie eben; sie hatte immer ihre kleinen Tricks, damit der Haushalt wie geschmiert funktionierte. Aber wie man es auch nahm, sie war schon eine gute Seele. Er nickte seinem Bild im Kommodenspiegel ernsthaft zu, während er seinen Schlips band. Er war glücklich, eine solche Frau zu haben. Eine gute Frau, eine gute Mutter – vielleicht ließ sie sich ein bißchen zu sehr von der Verwandtschaft einwickeln – aber wahrhaftig eine gute Seele.

Die Unannehmlichkeiten mit der Verwandtschaft kamen beim Frühstück zur Sprache. «Joe und Betty erwarten uns heute abend bei sich, Schatz», sagte Mrs. Keesler. «Betty rief mich gestern deshalb an. Ist es dir recht?»
«Schon recht», sagte Mr. Keesler liebenswürdig. Er wußte, es gab sowieso nichts Vernünftiges im Fernsehen heute abend.
«Würdest du dann bitte nicht vergessen, deinen anderen Anzug auf dem Heimweg beim Schneider abzuholen?»
«Für Betty und Joe?» sagte Mr. Keesler. «Wozu? Sie sind doch nur Verwandte.»
«Ich möchte trotzdem, daß du nett aussiehst, wenn du dorthin gehst. Also bitte, vergiß es nicht.» Mrs. Keesler zögerte. «Albert wird auch da sein.»
«Natürlich. Er wohnt doch da.»
«Ich weiß, aber du hast kaum je Gelegenheit, ihn zu treffen, und schließlich ist er unser Neffe. Außerdem ist er wirklich ein sehr netter Junge.»
«Schön, er ist ein sehr netter Junge», sagte Mr. Keesler. «Was will er von mir?»
Mrs. Keesler wurde rot. «Nun, offenbar ist es so, daß er nur sehr schwer eine Arbeit findet, wo er ...»
«Nein», sagte Mr. Keesler. «Kommt gar nicht in Frage.» Er legte Messer und Gabel hin und

sah seine Frau entschlossen an. «Du weißt selber, daß sich in der Werbeartikelbranche heute kaum genug für unsern eigenen Lebensunterhalt verdienen läßt. Und da soll ich noch jemand einstellen, einen faulen ...»

«Es tut mir leid», sagte Mrs. Keesler. «Ich wollte dich damit nicht aufregen.» Sie legte tröstend ihre Hand auf die seine. «Und was soll denn das heißen: nicht genug für unseren Lebensunterhalt? Vielleicht haben wir nicht so viel wie manche anderen, aber wir haben unser Auskommen. Ein hübsches Haus und zwei brave Söhne auf dem College – was wollen wir mehr? Also sag nicht so was. Und mach dich jetzt auf den Weg, oder du kommst zu spät.»

Mr. Keesler schüttelte den Kopf. «Was hast du doch für ein weiches Herz!» sagte er. «Wenn du dir bloß nicht immer solche Sachen von Betty einreden ließest...»

«Jetzt fang nicht davon an. Geh in dein Geschäft.»

Im Korridor half sie ihm in den Mantel. «Nimmst du den Wagen heute?» fragte sie.

«Nein.»

«Fein, dann kann ich ihn zum Einkaufen haben. Aber vergiß den Anzug nicht. Es ist der Schneider ganz in der Nähe der U-Bahn-Station.» Mrs. Keesler zupfte ein Fäserchen

Verbandstoff von seinem Mantelkragen. «Und du verdienst sehr ordentlich, also hör auf, so zu reden. Es geht uns gut.»

Mr. Keesler verließ das Haus durch den Seiteneingang. Es war ein anspruchsvolles Fertighaus in der Flatbush-Gegend von Brooklyn, und wie die meisten anderen in diesem Viertel hatte es hinten eine kleine Garage. Mr. Keesler schloß das Garagentor auf und trat ein. Der Wagen beanspruchte fast den ganzen Raum, aber es hatte sich doch noch Platz gefunden für ein Sammelsurium von Werkzeugen, Blechkanistern, Malerpinseln und ein paar alten Küchenstühlen, die zum Teil frisch gestrichen waren.

Der Wagen selbst war ein vier Jahre alter Chevrolet, schon ziemlich abgenutzt, und es kostete einige Mühe, die Haube des Kofferraums hochzuheben. Mr. Keesler schaffte es schließlich und hob, stöhnend vor Anstrengung, seinen großen, ledernen Musterkoffer heraus. Er schloß die Garagentür nicht ab, als er ging, weil er den einzigen Schlüssel dazu hatte, und er wußte doch, daß Mrs. Keesler den Wagen brauchen würde.

Er mußte zwei Häuserblocks laufen bis zur Beverly-Road-Station der I.R.T.-Untergrundbahn. An einem Zeitungsstand in der Nähe des Bahnhofs kaufte Mr. Keesler eine *New*

York Times, und als der Zug kam, gelang es ihm, sich mit dem Rücken zur Tür am Ende des Wagens aufzubauen. Es gab so gut wie keine Chance, während der Hauptverkehrszeiten einen Sitzplatz zu ergattern, aber aus langer Erfahrung wußte Mr. Keesler, wie man am bequemsten U-Bahn fuhr. Wenn er mit dem Rücken gegen die Tür gelehnt stand, die Beine zu beiden Seiten seines Musterkoffers, dann konnte er die Zeitung lesen, bis der Zug die Vierzehnte Straße erreicht hatte und das Gedränge der Menschen um ihn herum es unmöglich machte, die Seiten umzublättern.

An der Zweiundzwanzigsten Straße bahnte er sich mit Erfolg einen Weg aus dem Zug, indem er den Musterkoffer als Rammbock benutzte. Er überquerte den Bahnsteig und nahm den Anschlußzug, der ihn noch zwei Stationen weiter zum Columbus Circle brachte. Als er die Stufen vom Bahnsteig hinaufstieg, sah er auf seiner Armbanduhr, daß es genau fünf Minuten vor neun war.

Mr. Keeslers Büro war im kleinsten und schäbigsten Gebäude am Columbus Circle. Es wirkte noch viel kleiner und noch schäbiger durch das neue Coliseum, von dem es auf der einen Seite überragt wurde, und durch die Apartment-Hotels, die sich auf seiner ande-

ren Seite türmten. Es hatte einen knarrenden Fahrstuhl, der seine Bewohner beförderte, und einen alten Mann namens Eddie, der diesen Fahrstuhl bediente.
Als Mr. Keesler das Gebäude betrat, hatte Eddie schon die Post für ihn bereit. Die Post bestand aus einem großen Bündel Briefe, das mit einer Schnur zusammengebunden war, und aus einem halben Dutzend kleiner Pappkartons. Mit Mühe brachte Mr. Keesler es fertig, das alles unter einen Arm zu quetschen, und Eddie sagte: «Na, das ist 'ne ganz schöne Menge, wie immer. Hoffentlich verdienen Sie auch was damit.»
«Hoffentlich», sagte Mr. Keesler.
Ein anderer Hausbewohner holte seine Post ab und stieg hinter Mr. Keesler in den Fahrstuhl. «Ganz hübsch», sagte er und betrachtete den Packen unter Mr. Keeslers Arm, «das sieht man gerne, daß jemand hier Geld verdient.»
«Na ja», sagte Mr. Keesler. «Die Leute schikken einem wohl die Aufträge, aber wenn's ans Bezahlen geht, da kann man lange warten.»
«So geht's eben», sagte Eddie.
Er ließ den Fahrstuhl im dritten Stock halten, und hier stieg Mr. Keesler aus. Sein Büro war im Zimmer 301 am Ende des Korridors, und

auf seine Tür waren die Worte gemalt KEESLER WERBEARTIKEL, darunter in Anführungszeichen der Slogan «Alles fürs Geschäft».
Das Büro war ein Zimmer mit einem Fenster, von dem aus man den Central-Park sehen konnte. An der einen Wand stand ein arg mitgenommener Schreibtisch mit einem Rollfach obendrauf, den Mr. Keeslers Vater gekauft hatte, als er vor Jahren ins Werbeartikelgeschäft eingestiegen war. Und vor dem Schreibtisch stand ein großer bequemer Drehstuhl mit einem Schaumgummikissen auf dem Sitz. An der gegenüberliegenden Wand war ein Tisch, und darauf eine alte L.-C.-Smith-Schreibmaschine, ein Telefon, ein paar Telefonbücher und ein Stapel Zeitschriften. Ein zweiter Stapel Zeitschriften lag auf dem großen Aktenschrank in einer Ecke des Zimmers. Unter dem Fenster war ein Sofa, das Mr. Keesler gebraucht für fünf Dolar von Eddie gekauft hatte, und neben dem Rollschreibtisch war ein Papierkorb und ein hölzerner Kleiderrechen, den er für fünfzig Cents ebenfalls von Eddie gekauft hatte. Mieter, die auszogen, fanden es manchmal billiger, ihre abgenutzten Möbel einfach dazulassen, als Fracht dafür zu bezahlen, und Eddie machte ein kleines Geschäft daraus, die Sa-

chen für jeden Preis, den man ihm bot, weiterzuverkaufen.
Mr. Keesler schloß die Bürotür hinter sich. Erleichtert setzte er den schweren Musterkoffer in einer Ecke ab, stieß das Rollfach seines Schreibtisches auf und ließ seine Post und die *New York Times* drauffallen. Dann hängte er Hut und Mantel an den Kleiderrechen und sah in den Manteltaschen nach, ob er auch nichts darin vergessen habe.
Er setzte sich an seinen Schreibtisch, machte die Schnur auf, die seine Post zusammenhielt, und schaute nach dem Absender auf jedem Brief. Zwei Briefe kamen von Banken. Er schloß eine Schublade im Schreibtisch auf, zog ein Notizbuch hervor und trug die Zahlen darin ein. Dann zerriß er die Bankbelege in kleine Schnitzel und warf sie in den Papierkorb.
Mit dem Rest der Post war er schnell fertig. Mr. Keesler nahm die kleineren Umschläge, und ohne sie zu öffnen, riß er sie in der Mitte durch und warf sie in den Korb auf die zerrissenen Kontoauszüge. Dann öffnete er die Briefe, die dick und sperrig waren, und legte sie auf den Schreibtisch. Als er damit fertig war, hatte er einen hübschen Stapel Kataloge und Broschüren beisammen. Er versenkte sie in einer Schublade des Aktenschranks.

Jetzt wandte er seine Aufmerksamkeit den Pappkartons zu. Er öffnete sie und zog allerlei Krimskrams daraus hervor – Glücksanhänger, eine Gedenkmünze, einen Schlüsselring aus Plastik, mehrere Päckchen entwerteter ausländischer Briefmarken und eine kleine Cellophantüte, in der ein Schokoladenkeks war. Mr. Keesler warf die leeren Kartons in den Papierkorb, aß den Keks und schob den andern Kram in eine Ecke vom Schreibtisch. Der Keks war ein bißchen zu süß für seinen Geschmack, aber nicht schlecht.

In der oberen Schublade des Schreibtisches waren eine Schere, eine Schachtel mit Schreibpapier und eine Schachtel mit Briefmarken. Mr. Keesler legte das alles auf den Tisch neben die Schreibmaschine. Dann rollte er den Drehstuhl zum Tisch hinüber, setzte sich hin und schlug das Branchentelefonbuch bei der Sparte Zahnärzte auf. Mit dem Finger ging er eine Reihe von Namen durch, dann nahm er den Telefonhörer ab und wählte eine Nummer.

«Dr. Glovers Praxis», sagte eine Frauenstimme.

«Passen Sie auf», sagte Mr. Keesler, «es handelt sich um einen dringenden Fall. Ich bin hier in der Nähe, kann ich wohl am Nach-

mittag vorbeikommen? Es tut scheußlich weh.»
«Sind Sie ständig bei Dr. Glover in Behandlung?»
«Nein, aber ich dachte...»
«Es tut mir leid, aber es ist alles besetzt. Wenn Sie vielleicht morgen noch einmal anrufen wollen...»
«Nein, bemühen Sie sich nicht», sagte Mr. Keesler. «Ich versuch's woanders.»
Er ließ seinen Finger die Reihe Namen im Telefonbuch herunterlaufen und wählte noch einmal.
«Hier ist Dr. Gordons Praxis», sagte eine Frauenstimme, aber viel netter, viel jugendlicher als die, an die Mr. Keesler eben geraten war. «Wer ist da, bitte?»
«Passen Sie auf», sagte Mr. Keesler, «ich habe schreckliche Schmerzen, und ich wüßte gerne, ob der Doktor nicht ein paar Minuten Zeit für mich hat heute nachmittag. Ich kann jederzeit da sein, wenn es Ihnen paßt. Sagen wir, gegen zwei Uhr?»
«Tja, zwei Uhr ist schon besetzt, aber hier hat jemand abgesagt für drei. Würde das gehen?»
«Das wäre fabelhaft. Mein Name ist Keesler.»
Mr. Keesler buchstabierte sorgfältig. «Danke vielmals, Fräulein, ich werde auf die Minute da sein.»

Er drückte die Telefongabel herunter, ließ sie wieder los und wählte noch einmal. «Ist Mr. Hummel da?» sagte er. «Gut. Sagen Sie ihm, es handelt sich um die große Lieferung, die er heute nachmittag erwartet.»
Im nächsten Augenblick hörte er Mr. Hummels Stimme. «Jaa?»
«Sie wissen, wer spricht?» fragte Mr. Keesler.
«Natürlich weiß ich, wer spricht.»
«Gut», sagte Mr. Keesler, «dann treffen wir uns um vier Uhr, anstatt um drei. Verstanden?»
«Kapiert», sagte Mr. Hummel.
Mr. Keesler setzte das Gespräch nicht fort. Er legte den Hörer auf, schob das Telefonbuch beiseite und nahm eine Zeitschrift vom Stapel auf dem Tisch. Die hinteren Seiten der Zeitschrift waren voll von Anzeigen für Gratis-Proben, Gratis-Muster und Gratis-Kataloge – «Schicken Sie uns diesen Gutschein», so hieß es meistens, «und wir werden Ihnen gratis und franko ...»
Mr. Keesler studierte diese Angebote, suchte schließlich zehn davon aus, schnitt die Gutscheine mit der Schere heraus und schrieb seine Adresse mit der Schreibmaschine darauf. Er tippte langsam, aber sorgfältig, nur mit zwei Fingern. Dann adressierte er zehn Briefumschläge, steckte die Gutscheine hin-

ein, verschloß sie und klebte Marken darauf. Er schnappte ein Gummiband um die Umschläge, weil sie sich so besser befördern ließen, und legte alles andere im Büro wieder an seinen angestammten Platz. Es war jetzt 10.25 Uhr, und das einzige, womit er sich nun noch beschäftigen mußte, war die *New York Times.*

Gegen zwölf Uhr war Mr. Keesler – bequem auf dem Sofa ausgestreckt, wie es seine Gepflogenheit war, mit dem Lesen der *Times* fertig. Er hatte allerdings, wie es seine Gepflogenheit war, die Börsenberichte ausgelassen. Beim Börsenkrach 1929 war das gesamte Vermögen seines Vaters über Nacht kaputtgegangen, und seit diesem Tag hatte Mr. Keesler nur noch kalte, zynische Abneigung gegen Effekten und Aktien und alles, was damit zusammenhing. Wenn er mit jemand darüber redete, pflegte er zwar einen kleinen Witz darüber zu machen. «Ich hab es gern, wenn ich weiß, daß mein ganzes Geld festgelegt ist… in bar.» So pflegte er zu sagen. Aber innerlich hatte ihn das, was sein Vater nach dem Zusammenbruch mitgemacht hatte, zutiefst verwundet. Er hatte seinen Vater sehr geliebt, diesen aufrechten, hart arbeitenden Mann, den alle, die ihn kannten, gern hatten. Und niemals hatte er der

Börse vergeben, was sie diesem Mann angetan hatte.
Um zwölf Uhr war Mittagspause für Mr. Keesler wie auch für fast alle anderen im Haus. Seine Post in der Hand, ging er die Treppe hinunter, zusammen mit vielen, die wußten, daß Eddie zu lange brauchen würde, um sie mit seinem Fahrstuhl abzuholen, der um diese Zeit einfach überfordert war. Er warf die Briefe in einen Briefkasten an der Ecke, und um sicher zu sein, daß sie auch wirklich hinuntergefallen waren, klapperte er noch zweimal mit dem Deckel des Briefkastenschlitzes.
In der Nähe der Achtundfünfzigsten Straße auf der Achten Avenue gab es eine Cafeteria, wo man gutes Essen zu angemessenen Preisen bekam, und Mr. Keesler verzehrte hier ein Käse-Sandwich, einen gebackenen Apfel und Kaffee. Ehe er ging, ließ er sich noch von dem Mann hinter der Theke eine Zimtschnecke in Butterbrotpapier packen und in eine braune Papiertüte tun, zum Mitnehmen.
Er schwang die Tüte in der Hand und marschierte einen Häuserblock weiter in eine Drogerie. Dort kaufte er eine Rolle fünf Zentimeter breiten Verbandstoff. Im Hinausgehen entfernte er heimlich die Schachtel und

das Einpackpapier von der Mullbinde und warf beides, Schachtel und Einpackpapier, in einen Abfallkorb auf der Straße. Die Rolle Verbandstoff steckte er in die Tüte mit der Zimtschnecke.

Das wiederholte er in einer Drogerie im nächsten Häuserblock und dann noch sechsmal in verschiedenen Läden auf seinem Weg zur Achten Avenue. Jedesmal bezahlte er den Preis in abgezähltem Kleingeld, warf Schachtel und Verpackung in einen Abfallkorb und tat die Rolle Verbandstoff in seine Papiertüte. Als er acht Rollen Verbandstoff in der Tüte mit der Zimtschnecke hatte, machte er kehrt und ging zu seinem Büro zurück. Es war genau ein Uhr, als er dort ankam.

Eddie wartete im Fahrstuhl, und als er die Papiertüte sah, lächelte er mit zahnlosem Mund und sagte wie immer: «Was ist es diesmal?»

«Zimtschnecken», sagte Mr. Keesler. «Hier, nimm eine.» Er zog die Zimtschnecke im Butterbrotpapier heraus, und Eddie nahm sie.

«Danke», sagte er.

«Schon recht», sagte Mr. Keesler. «Es reicht für uns beide. Ich sollte sowieso nicht soviel von dem Zeug essen.»

Im dritten Stock bat er Eddie, den Fahrstuhl warten zu lassen, er sei in einer Minute zurück. «Ich will nur meinen Musterkoffer ho-

len», sagte er. «Muß mich ranhalten und meine Kunden bearbeiten.»
Im Büro hob er den Koffer auf den Schreibtisch, tat die acht Rollen Verbandstoff hinein und warf die nun leere Tüte in den Papierkorb. Mit dem Musterkoffer, dessen Gewicht an ihm zerrte, ging er zurück zum Fahrstuhl. «Jedesmal, wenn ich dieses Ding hochhebe, wiegt es mehr», sagte er zu Eddie, als der Fahrstuhl hinunterfuhr, und Eddie sagte: «Tja, so geht's eben. Wir sind alle nicht mehr so jung, wie wir mal waren.»
Einen Häuserblock vom Columbus Circle entfernt, nahm Mr. Keesler eine U-Bahn der Independent-Linie in Richtung Ost-Broadway, nicht weit von der Manhattan-Brücke. Am Straus-Square stieg er wieder ans Tageslicht, ging die Water-Straße hinunter und wandte sich dann nach links. Sein Ziel lag in der Nähe der Montgomery-Straße, aber er blieb stehen, ehe er es erreichte, und sah sich um.
Dieser Teil der Stadt bestand aus alten Lagerschuppen, verfallenen Mietshäusern und unerschlossenen Bauplätzen. Aber in der Straße, der Mr. Keeslers Interesse galt, gab es nur Lagerhäuser.
Schwarz vom Alter, so standen sie da in der Reihe und sahen wie mittelalterliche Festun-

gen aus. Ein Geruch nach Salzwasser und Abfällen umgab sie, und ganze Heerscharen von Tauben und Möwen fühlten sich davon angezogen und flogen darüber hin.
Mr. Keesler nahm keine Notiz von den Vögeln, auch nicht von ein paar verwahrlosten Kindern auf der Straße. Er nahm seinen Musterkoffer auf und bog in eine schmale Zufahrtsstraße ein, die zwischen zwei Lagerhäusern entlangführte. So erreichte er den verlassenen Bauplatz, der dahinter lag. Er ging weiter, bis er zu einer eisernen Tür gelangte, im dritten Lagerhaus in der Reihe. Mit einem großen altmodischen Schlüssel öffnete er die Tür, trat in das Dunkel und machte die Tür wieder hinter sich zu. Er schloß sie von innen ab und überzeugte sich noch, daß sie auch wirklich verschlossen war. An der Wand in der Nähe der Tür war ein Lichtschalter. Mr. Keesler stellte seinen Musterkoffer ab und wand sich ein Taschentuch lose um die Hand. Mit dieser Hand tastete er sich an der Wand entlang, bis er den Schalter fand, und als er ihn anknipste, wurde das Innere des Gebäudes in trübes Licht getaucht. Da die Fenster mit eisernen Läden verschlossen waren, konnte man das Licht von außen nicht sehen. Dann steckte Mr. Keesler das Taschentuch ein und trug den Musterkoffer

durch die mächtige Halle des Lagerhauses bis zu dem riesigen Tor des Liefereingangs, der auf die Straße hinausführte.
In der Nähe des Tors war ein langer Brettertisch, und darauf lagen ein Zeitstempel, einige alte Quittungsbücher und ein paar Bleistiftstummel. Mr. Keesler setzte den Musterkoffer ab, zog seinen Mantel aus, faltete ihn säuberlich und legte ihn auf den Tisch. Den Hut legte er obendrauf. Dann bückte er sich und machte den Musterkoffer auf. Er entnahm ihm die acht Rollen Verbandstoff, eine Tübe Klebstoff Marke «Schnell-Trokken», ein zehn Zentimeter langes Stück Stearinkerze, zwei metallene Kanister mit je etwa acht Litern hochoktanigem Benzin, sechs papierne Trinkbecher, eine beinahe zwei Meter lange Angelschnur, eine Handvoll schmutziger Leinenlappen und ein Paar Gummihandschuhe, ganz bekleckst mit getrockneter Farbe. All das legte er auf dem Tisch zurecht.
Er trug die Gummihandschuhe, ergriff damit die Angelschnur und machte eine Reihe Schlingen hinein. In jede Schlinge schob er eine Rolle Verbandstoff und zog die Schnur fest. Als er das Ganze auf Armeslänge von sich abhielt, sah es aus wie eine Schnur mit weißen Angelkorken. Beide Benzinkanister

hatten eine kleine Schnauze und sahen aus, als ob dies ihr einziger Verschluß wäre, aber den Deckel des einen Kanisters konnte man ganz abnehmen. Mr. Keesler mußte kräftig zupacken, bis er den Deckel gelöst hatte. Er tauchte die Leine mit den Verbandstoffrollen in den Kanister und ließ das Ende der Schnur an der Seite herunterhängen, um es griffbereit zu haben. Ein paar Luftblasen stiegen auf, als der Verbandstoff anfing, das Benzin aufzusaugen. Mr. Keesler beobachtete das mit Befriedigung. Dann nahm er die Tube «Schnell-Trocken» und machte damit einen aufmerksamen Inspektionsgang durch das Lagerhaus.

Was er sah, war ein breites, hohes Stahlgerüst, das in der Mitte des Gebäues von einem Ende zum anderen lief und eine große Anzahl Pappkartons, hölzerne Kisten und papiergeschützte Tuchrollen trug. Noch mehr Kisten und Kartons waren fast deckenhoch gegen die Seitenwände des Raumes gestapelt.

Mr. Keesler musterte alles sorgfältig und zog die Nase kraus ob des säuerlichen Modergeruchs, der sich um ihn ausbreitete. Er untersuchte ein paar Pappkartons, indem er einige Fetzen von ihnen abriß, und fand, daß sie knochentrocken waren.

Dann, nachdem er alles zu seiner Befriedigung inspiziert hatte, kniete er in der Mitte zwischen dem Stahlgerüst und dem Winkel der beiden Wände nieder, wo die Kisten am höchsten gestapelt waren, und drückte etwas Klebstoff aus der Tube auf den hölzernen Boden. Er beobachtete, wie der Klebstoff sich ausbreitete und festsetzte, und ging dann zurück zum Tisch.
Aus der Tasche seiner Jacke zog er ein feingeschliffenes Federmesser und einen achteckigen metallnen Schreibstift, der wie ein Lineal markiert war. Er sah auf seine Armbanduhr, stellte ein paar kurze Berechnungen an und maß dann mit dem Lineal ein Stück Stearinkerze ab. Mit dem Federmesser schnitt er die Kerze durch und schabte ein wenig Wachs ab, um den Docht freizulegen. Ehe er das Messer in seine Tasche zurücksteckte, reinigte er die Klinge mit einem der Lappen, die er auf den Tisch gelegt hatte.
Als er in den Kanister schaute, in dem die Binden das Benzin aufsaugten, sah er keine Luftblasen mehr. Er hob den Kanister auf und trug ihn zu der Stelle, wo er auf dem Fußboden den Klebstoff verteilt hatte. Während er die Leine langsam aufrollte, sah er sich vor, daß das Benzin ihn nicht bespritzte. So holte er die feuchten Verbandrollen einzeln

heraus. Von sechs Binden wickelte er ein paar Zentimeter ab und drückte das freie Ende in den Klebstoff, der jetzt allmählich fest wurde.

Dann zog er – im Gehen die Binden abspulend – jeden der sechs Verbände zu einem im voraus festgelegten Punkt. Drei endeten zwischen den Kartons auf dem Rahmengerüst und drei in den Kisten an den Wänden. Sie waren hübsch verteilt, so daß sie auseinanderliefen wie die Stützfäden eines Spinnwebnetzes hinauf zu den vollgepackten Kisten. Um auch noch die entferntesten Punkte im Lagerhaus zu erreichen, knotete Mr. Keesler die zwei übriggebliebenen Mullbinden mit den beiden anderen zusammen, die allein nicht bis an die Markierungspunkte heranreichten. Ein scharfer Benzindunst mischte sich jetzt mit dem Modergeruch im Lagerhaus.

Mr. Keesler vergewisserte sich, daß dort, wo die Binden zwischen den Kartons endeten, der oberste Karton ein wenig zurückgesetzt war, so daß ein schmaler Vorsprung entstand. Er nahm die papiernen Trinkbecher vom Tisch, füllte alle mit Benzin und stellte sie auf die Binden, die an solchen Vorsprüngen endeten.

Jetzt kam der Klebstoff wieder an die Reihe.

Mr. Keesler quetschte ein bißchen auf den Knotenpunkt der sechs Mullbinden, die dort schon an dem, was er beim ersten Male aufgetragen hate, fest angeklebt waren. Während der Klebstoff allmählich fest wurde, ging er zum Tisch, holte eine Handvoll Lumpen und trug sie zu dem offenen Benzinkanister. Er tauchte einen Lappen nach dem anderen in den Kanister, drückte das überflüssige Benzin aus und plazierte alle diese Lappen um den Klebstoff herum.
Dann nahm er das Stück Kerze, das er vorbereitet hatte und drückte es in den trockenen Klebstoff. Er überzeugte sich, daß die Kerze auch wirklich fest auf ihrem Platz stand, schlang dann die benzingetränkte Angelschnur immer rund herum um ihren Fuß und schob die Lappen ganz nahe daran. Er vergewisserte sich, daß auch das Stück Kerze, das nun noch zu sehen war, genau die richtige Länge hatte, und stand dann auf, um sein Werk zu betrachten. Soweit er sehen konnte, war alles in bester Ordnung.
Und während er ganz leise eine kleine Melodie vor sich hin summte, nahm Mr. Keesler die beiden Benzinkanister und verteilte ihren Inhalt unter den Kisten. Er handhabte die Kanister meisterhaft, spritzte Benzin gegen die Kisten, an denen die Binden befestigt

waren, goß es zwischen die Kästen, wo immer er ein bißchen Zugluft sich regen spürte in der dumpfen Luft, die ihn umgab. Als die Kanister leer waren, wischte er sie sorgfältig mit einem Lappen ab, den er zu diesem Zweck noch aufgehoben hatte, und tat diesen Lappen dann zu den anderen, die um die Kerze herum angehäuft waren.

Alles Nötige war nun getan.

Mr. Keesler ging zum Tisch zurück, verschloß die Kanister ganz fest und legte sie in den Musterkoffer. Er zog die Gummihandschuhe aus und steckte sie und die Überbleibsel der Stearinkerze ebenfalls in den Koffer. Dann verschloß er ihn, zog seinen Mantel an und setzte den Hut auf.

Er nahm den Koffer und setzte ihn in einiger Entfernung von der Kerze auf dem Boden ab. Dann zog er ein Streichholzheftchen aus seiner Tasche. Schützend hielt er die Hand darüber, während er ein Hölzchen anzündete, ging, mit äußerster Sorgfalt stets die Flamme schützend, auf die Kerze zu, bückte sich und zündete sie an. Es knisterte ein bißchen, dann brannte die Kerze ruhig.

Mr. Keesler erhob sich und machte das Streichholz aus – nicht etwa, indem er es schüttelte oder ausblies, nein, indem er Daumen und Zeigefinger benetzte und dann das

Hölzchen damit ausdrückte. Er steckte das benutzte Streichholz in seine Tasche, ging zum rückwärtigen Ausgang, machte das Licht mit der taschentuchgeschützten Hand aus und zog die Tür ein paar Zentimeter weit auf.

Nachdem er hinausgespäht hatte, um sicherzugehen, daß niemand ihn beobachtete, trat Mr. Keesler zur Tür hinaus, schloß sie hinter sich ab und ging fort.

Auf demselben Weg, den er gekommen war, kehrte er in sein Büro zurück. Im Fahrstuhl sagte er zu Eddie: «Dieser Zahn bringt mich plötzlich fast um vor Schmerzen. Ich glaube, ich muß schnell zum Zahnarzt gehen.» Und Eddie sagte: «Ihre Zähne machen Ihnen wirklich eine Menge zu schaffen, nicht?»

«Das tun sie wahrhaftig», sagte Mr. Keesler.

Er ließ den Musterkoffer in seinem Zimmer, wusch sich Hände und Gesicht im Waschraum am anderen Ende des Ganges und fuhr mit dem Fahrstuhl wieder hinunter. Die Zahnarztpraxis war auf der Sechsundfünfzigsten Straße in der Nähe der Siebenten Avenue, nur ein paar Minuten zu gehen, und als Mr. Keesler das Empfangszimmer betrat, zeigte die Uhr an der Wand zwei Minuten vor drei. Er sah mit Wohlgefallen, daß die Empfangsdame des Zahnarztes jung war und

hübsch und daß sie seinen Namen säuberlich in ihr Patientenbuch eingetragen hatte.
«Sie sind pünktlich auf die Minute», sagte sie, als sie eine Registrierkarte für ihn ausstellte. Sie überreichte ihm die Karte. «Geben Sie die einfach Dr. Gordon, wenn Sie ins Behandlungszimmer kommen.»
Im Behandlungszimmer nahm Mr. Keesler seine Brille ab, steckte sie in die Tasche und setzte sich im Zahnarztstuhl zurecht. Seine Füße schmerzten, und es tat gut zu sitzen.
«Wo tut's denn weh?» sagte Dr. Gordon, und Mr. Keesler deutete auf die hinterste Stelle seines rechten Unterkiefers. «Genau hier», sagte er.
Er schloß die Augen und verschränkte die Arme ruhevoll auf dem Bauch, während der Doktor in seinen offenen Mund spähte und an seinen Zähnen mit einem scharfen Instrument herumstocherte.
«An der Oberfläche läßt sich nichts finden», sagte Dr. Gordon. «Im Gegenteil, Ihre Zähne scheinen mir in ausgezeichnetem Zustand zu sein. Wie alt sind Sie?»
«Fünfzig», sagte Mr. Keesler geschmeichelt. «Nächste Woche einundfünfzig.»
«Ich wünschte, meine Zähne wären so gut», sagte der Zahnarzt. «Na ja, es kann möglicherweise dieser Weisheitszahn sein da un-

term Zahnfleisch, der die Schmerzen macht. Aber alles, was ich im Augenblick tun kann, ist, etwas Schmerzlinderndes draufzugeben und Röntgenaufnahmen zu machen. Dann werden wir's wissen.»

«Fein», sagte Mr. Keesler.

Er verließ die Praxis um 15.30 Uhr mit einem süßen Pfefferminzgeschmack im Mund und mit wohlausgeruhten Füßen. Er schritt rüstig aus und strebte der BMT-U-Bahn-Station an der Siebenundfünfzigsten Straße zu. Er nahm einen Zug zum Herald Square. Hier stieg er weiter zur Straße hinauf und nahm in der Menge, die sich langsam an den Schaufenstern von R. H. Macys Kaufhaus entlangbewegte, Aufstellung. Seine Augen blieben auf die Schaufenster geheftet, während er sich mit den vielen Menschen weiterbewegte.

Um vier Uhr schaute er auf seine Armbanduhr.

Fünf Minuten nach vier schaute er mit Unruhe wieder darauf.

Dann sah er im Schaufenster des Kaufhauses, daß ein Wagen an den Bürgersteig heranfuhr. Er ging über die Straße und stieg ein, und der Wagen fuhr sofort vom Bürgersteig weg und mischte sich in den Straßenverkehr.

«Sie haben sich verspätet, Hummel», sagte

Mr. Keesler zu dem Fahrer. «Es ist doch nichts schiefgegangen, oder?»
«Nichts», sagte Mr. Hummel nervös. «Es muß etwa gegen halb vier angefangen haben. Die Polente hat mich vor zehn Minuten angerufen, um es mir zu sagen. Das ganze Gebäude ist futsch, sagten sie. Sie wollten, daß ich gleich rüberkomme.»
«Schön, in Ordnung», sagte Mr. Keesler. «Und weshalb sind Sie dann so aufgeregt? Alles läuft gut. In kürzester Zeit werden Sie die 60 000 Dollar Versicherungsgelder in der Tasche haben, Sie sind den ganzen Krempel los, auf dem Sie sitzengeblieben waren – Sie sollten ein glücklicher Mann sein.»
Mr. Hummel manövrierte den Wagen unbeholfen in eine Abzweigung, die ins Geschäftsviertel führte. «Aber wenn sie's rauskriegen», sagte er. «Wie können Sie so sicher sein, daß es denen nicht doch gelingt? In meinem Alter noch ins Gefängnis müssen ...!»
Mr. Keesler hatte schon oft mit durchgedrehten Kunden zu tun gehabt. «Schauen Sie, Hummel», sagte er geduldig, «vor dreißig Jahren hab ich diesen Job zum ersten Male gemacht. Für meinen eigenen Vater, Gott hab ihn selig, damals, als der Bankkrach ihn fertiggemacht hat. Bis zu seinem Sterbetag hat er geglaubt, es sei Zufall gewesen. Er hat

nie erfahren, daß ich es war. Meine Frau weiß nicht, was ich tue. Niemand weiß es. Warum? Weil ich Experte bin. Ich bin der Beste meines Fachs. Wenn ich so einen Job mache, dann bin ich auf jede erdenkliche Weise abgesichert – bis runter zum kleinsten Detail. Also hören Sie auf, sich Sorgen zu machen. Niemand wird es je herauskriegen.»
«Aber am Tage», sagte Mr. Hummel, «wo überall Leute sind! Ich behaupte immer noch, es wäre besser gewesen in der Nacht.»
Mr. Keesler schüttelte den Kopf. «Wenn es in der Nacht passiert wäre, dann würden die Feuerwehr und die Versicherungsleute doppelt so mißtrauisch sein. Und außerdem, Hummel: Seh ich aus wie irgendein Strolch, der in der Nacht herumschleicht? Ich bin ein Acht-Stunden-Mann, ich gehe um neun ins Büro und höre um fünf auf und gehe wieder nach Hause, wie alle anderen auch. Glauben Sie mir, das ist der beste Schutz, den es gibt.»
«Könnte sein», sagte Mr. Hummel und nickte gedankenvoll, «könnte schon sein.»
Schon ein Dutzend Häuserblocks von dem Lagerhaus entfernt sah man dicken, schwarzen Rauch, der sich zu Wolken ballte. In der Water-Straße, drei Blocks entfernt, legte Mr. Keesler seine Hand auf Mr. Hummels Arm.
«Halten Sie hier», sagte er. «Da sind immer

Beamte von der Feuerwehr und Versicherungsmenschen um so ein Gebäude herum, die sich die Leute ansehen. Hier sind wir nahe genug. Sie können von hier aus alles sehen, was Sie sehen müssen.»

Mr. Hummel blickte auf den Qualm, der dem Gebäude entströmte, auf die Flammenzungen, die ab und zu daraus hervorschossen, auf die Feuerwehrwagen und das Geschlängel von Schläuchen auf der Straße und auf die Feuerwehrleute, die das Wasser gegen die Wände des Gebäudes sprühen ließen. Er schüttelte scheu den Kopf. «Sehen Sie sich das an», sagte er voller Bewunderung, «sehen Sie sich das an.»

«Schon gesehen», sagte Mr. Keesler. «Und jetzt, wie steht's mit dem Geld?»

Mr. Hummel riß sich aus seiner Betäubung, griff in seine Hosentasche und übergab Mr. Keesler eine fest zusammengefaltete Rolle aus Geldscheinen. «Alles da», sagte er. «Ich hab es so zusammengestellt, wie Sie mir sagten.»

Es waren vierzehn Hundert-Dollar-Scheine und fünf Zwanziger in der Rolle. Mr. Keesler zählte es zweimal, wobei er sich tief bückte und das Geld nicht sehen ließ. Er hatte zwei Bankeinzahlungs-Umschläge fertig ausgefüllt in der Tasche. In den einen, der das

Geld einem Konto K. E. Esler gutschreiben sollte, steckte er dreizehn der Hundert-Dollar-Scheine. In den anderen, der auf den Namen «Keesler-Werbeartikel» ausgeschrieben war, steckte er eine einzelne Hundert-Dollar-Note. Die fünf Zwanziger ließ er in seine Brieftasche gleiten und entnahm ihr dann den Schlüssel zum Lagerhaus.
«Vergessen Sie den nicht», sagte er, als er Mr. Hummel den Schlüssel überreichte. «Jetzt muß ich aber gehen.»
«Eine Sekunde noch», sagte Mr. Hummel. «Ich wollte Sie was fragen, und da ich nicht weiß, wie ich Sie erreichen kann...»
«Ja?»
«Also, ich habe einen Freund, dem es ziemlich schlechtgeht. Er ist auf einem großen Posten Felle sitzengeblieben, und er kann sie nicht loswerden. Er braucht dringend Bargeld, verstehen Sie?»
«Gewiß», sagte Mr. Keesler, «sagen Sie mir seinen Namen und seine Telefonnummer, und in ein paar Wochen werde ich ihn anrufen.»
«Könnten Sie's nicht etwas früher machen?»
«Ich bin ein vielbeschäftigter Mann», sagte Mr. Keesler, «ich werde ihn in zwei Wochen anrufen.» Er nahm das Streichholzheftchen heraus und schrieb den Namen und die Nummer hinein, die Hummel ihm gab. Er

steckte die Streichhölzer wieder ein und öffnete die Wagentür. «Auf Wiedersehen, Hummel.»
«Auf Wiedersehen, Esler», sagte Mr. Hummel.
Zum zweiten Male an diesem Tag fuhr Mr. Keesler mit der U-Bahn vom East Broadway zum Columbus Circle. Aber anstatt direkt ins Büro zu gehen, bog er in die Achte Avenue ein und warf den verschlossenen Umschlag, der die 1300 Dollar enthielt, in den Nacht-Tresor-Schalter der Merchants-National-Bank. Gegenüber war die Columbus-Nationalbank, und in deren Nacht-Tresor-Schalter steckte er den Umschlag mit den 100 Dollar. Als er in seinem Büro ankam, war es zehn Minuten vor fünf.
Mr. Keesler öffnete seinen Musterkoffer, warf den Krimskrams hinein, der mit der Morgenpost gekommen war, schloß den Koffer und machte den Rollschreibtisch zu, nachdem er die *New York Times* in den Papierkorb geworfen hatte. Er nahm eine Zeitschrift von dem Stapel auf dem Aktenschrank und setzte sich in den Drehstuhl, um sie durchzublättern. Genau um fünf Uhr verließ er das Büro mit seinem Musterkoffer in der Hand.
Der Fahrstuhl war voll, aber es gelang Mr. Keesler, sich noch hineinzuzwängen. «Tja»,

sagte Eddie im Hinunterfahren, «wieder einen Tag gelebt, wieder einen Dollar verdient.»
In der U-Bahn-Station kaufte sich Mr. Keesler eine Zeitung, konnte sie aber in dem überfüllten Zug nicht lesen. Er hielt sie unter dem Arm, stand – den Musterkoffer zwischen seinen gespreizten Beinen – und döste vor sich hin. Als er an der Beverly Road aus der U-Bahn-Station kam, machte er beim Papierwarenladen an der Ecke halt und kaufte sich ein Päckchen Rasierklingen. Dann ging er langsam heim, bog in den Einfahrtsweg ein und betrat die Garage.
Mrs. Keesler kriegte den Wagen immer nur mit Mühe in die Garage. Da stand er jetzt, in einem leichten Winkel zur Wand, und Mr. Keesler mußte sich daran vorbeizwängen, um zur Rückwand der Garage zu gelangen. Er öffnete den Musterkoffer, nahm die Stearinkerze heraus und die Tube mit «Schnell-Trocken» und legte beides in die Schublade der Werkbank dort. Die Schublade war schon voll mit allerlei Eisenwaren und kleinen Dingen für den Hausgebrauch.
Nun holte Mr. Keesler die zwei Benzinkanister aus dem Musterkoffer, nahm ein Stück Gummischlauch von der Wand und saugte Benzin aus dem Tank des Wagens in die Ka-

nister, bis sie voll waren. Er stellte sie auf den Boden zwischen andere Kanister mit Farbe oder mit Lösungsmittel.
Schließlich nahm er die Gummihandschuhe heraus und warf sie auf den Boden unter einen der noch nicht fertig gemalten Stühle. Die Farbflecken auf den Handschuhen hatten denselben Farbton wie der Anstrich der Stühle.
Mr. Keesler ging durch die Seitentür ins Haus, und Mrs. Keesler, die gerade den Küchentisch deckte, hörte ihn. Sie kam ins Wohnzimmer und sah zu, wie Mr. Keesler den Musterkoffer über dem Tisch ausschüttete. Allerhand Andenkenkram rollte heraus, und Mrs. Keesler fing den Glücksanhänger auf, ehe er zu Boden fiel.
«Noch mehr von dem Zeug», sagte sie gutmütig.
«Immer dasselbe», sagte Mr. Keesler, «eben Sachen aus dem Büro. Ich werd's Sallys Kindern mitbringen.»
Seine Nichte Sally hatte zwei niedliche kleine Töchter, die er sehr gern hatte.
Mrs. Keesler legte die Hand auf den Mund und sah sich um. «Und was ist mit dem Anzug?» sagte sie. «Erzähl mir nicht, daß du vergessen hast, den Anzug vom Schneider zu holen!»

Mr. Keesler war mit einem Arm schon aus dem Mantel heraus. Er stand hilflos da.
«Muß das sein?» sagte er.
Seine Frau seufzte ergeben.
«Ja, das muß sein», sagte sie. «Und du wirst jetzt gleich hingehen, bevor er zumacht.»
Mr. Keesler streckte den Arm hinter sich, tastete suchend nach dem Ärmel seines Mantels, und mit der Hilfe seiner Frau fand er ihn auch. Sie bürstete einen Fleck von der Schulter seines Mantels, und dann tätschelte sie ihrem Mann liebevoll die Wange.
«Wenn du nur lernen wolltest, ein klein wenig methodisch zu sein, Schatz», sagte Mrs. Keesler.

Die Segensreich-Methode

Mr. Treadwell war ein kleiner, liebenswürdiger Mann, der für eine gutgehende Firma in New York City arbeitete und dessen Stellung bei dieser Firma ihn berechtigte, sein eigenes Büro zu haben.

Am späten Nachmittag eines schönen Junitages betrat ein Besucher dieses Büro. Der Besucher war untersetzt, gut gekleidet und imposant. Sein Teint war glatt und rosig, seine kleinen, kurzsichtigen Augen leuchteten fröhlich hinter dicken, horngefaßten Brillengläsern.

«Mein Name», sagte er, nachdem er seine pralle Aktenmappe abgelegt hatte, und schüttelte Mr. Treadwells Hand mit zermalmendem Griff, «mein Name ist Bunce, und ich vertrete die Gesellschaft für Gerontologie. Ich bin hier, um Ihnen bei der Lösung Ihres Problems zu helfen, Mr. Treadwell.»

Mr. Treadwell seufzte. «Da Sie mir völlig fremd sind, mein Lieber», sagte er, «und da ich niemals von dem Verein gehört habe, den zu vertreten Sie vorgeben, und da ich überdies gar kein Problem habe, das Sie überhaupt etwas angehen könnte, bedaure ich, Ihnen sagen zu müssen, daß ich kein Abneh-

mer bin – was immer Sie auch loswerden wollen. Nehmen Sie mir's also nicht übel.»
«Übelnehmen?» sagte Bunce. «Natürlich nehme ich's übel. Die Gesellschaft für Gerontologie versucht nicht, irgend jemand irgend etwas zu verkaufen, Mr. Treadwell. Die Interessen der Gesellschaft sind ausschließlich philantrophischer Natur. Wir gehen bestimmten Fällen nach, fertigen Berichte darüber an und arbeiten an der Beseitigung einer der tragischsten Situationen, vor die wir in der modernen Gesellschaft gestellt sind.»
«Und die wäre?»
«Das sollte eigentlich schon aus dem Namen der Gesellschaft hervorgehen, Mr. Treadwell. Gerontologie ist das Studium des Alterns und der Probleme, die damit zusammenhängen. Verwechseln Sie das bitte nicht mit Geriatrie. Geriatrie behandelt die Krankheiten des Alters. Gerontologie befaßt sich mit dem Alter selbst als dem eigentlichen Problem.»
«Ich werde versuchen, mir's zu merken», sagte Mr. Treadwell ungeduldig. «Unterdessen nehme ich an, dürfte wohl eine kleine Spende das Gegebene sein. Sagen wir: fünf Dollar?»
«Nein, o nein, Mr. Treadwell, keinen Pfennig, keinen roten Heller! Ich weiß wohl, daß dies die übliche Art ist, mit allen möglichen

philantrophischen Organisationen umzugehen. Aber die Gesellschaft für Gerontologie arbeitet auf völlig andere Weise. Unsere Aufgabe ist es, Ihnen zuerst bei der Lösung Ihres Problems zu helfen. Erst dann würden wir uns berechtigt fühlen, etwas von Ihnen zu verlangen.»

«Fein», sagte Mr. Treadwell etwas liebenswürdiger. «Dann sind wir schon quitt. Ich habe kein Problem, also bekommen Sie auch keine Spende. Es sei denn, Sie wollten sich's doch anders überlegen?»

«Anders überlegen?» sagte Bunce gequält. «Sie sind es, Mr. Treadwell, nicht ich, der sich's anders überlegen muß. Einige der traurigsten Fälle, die unsere Gesellschaft bearbeitet, sind Fälle von Leuten, die sich lange geweigert haben, ihr Problem überhaupt wahrzunehmen oder seine Existenz einzugestehen. Ich habe monatelang an Ihrem Fall gearbeitet, Mr. Treadwell. Ich hätte mir nie träumen lassen, daß Sie unter diese Kategorie fallen würden.»

Mr. Treadwell tat einen tiefen Atemzug. «Wären Sie geneigt, mir zu sagen, was Sie eigentlich meinen mit dem Unsinn von der Arbeit an meinem Fall? Ich war nie ein Fall für irgendeine Gesellschaft oder Organisation, wie sie auch heißen mag.»

Im Handumdrehen hatte Bunce seine Aktentasche aufgeklappt und einige Bogen Papier herausgenommen.
«Wenn Sie die Güte hätten», sagte er, «ich würde gern die einzelnen Punkte dieses Berichts mit Ihnen durchgehen. Sie sind siebenundvierzig Jahre alt und bei bester Gesundheit. Sie besitzen ein Wohnhaus in East Sconsett, Long Island, für das Sie noch neun Jahre lang Hypotheken-Abzahlungen zu leisten haben, und Sie besitzen außerdem einen Wagen neueren Modells, für den Sie noch achtzehn Monatsraten zu zahlen haben. Dessenungeachtet leben Sie, dank Ihres ausgezeichneten Gehalts, in finanziell geordneten Verhältnissen. Habe ich recht?»
«So recht wie das Kredit-Institut, das Ihnen diesen Bericht gegeben hat», sagte Mr. Treadwell.
Bunce zog vor, das zu überhören. «Kommen wir nun zur Hauptsache. Sie sind seit dreiundzwanzig Jahren glücklich verheiratet und haben eine Tochter, die letztes Jahr geheiratet hat und seither mit ihrem Mann in Chicago lebt. Nachdem sie Ihr Heim verlassen hatte, zog Ihr Schwiegervater, ein Witwer und ein etwas wunderlicher Herr, ins Haus und wohnt seither mit Ihnen und Ihrer Frau zusammen.»

Bunce' Stimme bekam einen tiefen, eindringlichen Klang. «Er ist zweiundsiebzig Jahre alt, und abgesehen von einer leichten Bursitis in der rechten Schulter, erfreut er sich einer für sein Alter ausgezeichneten Gesundheit. Er hat bei mehreren Anlässen betont, daß er hoffe, noch zwanzig Jahre zu leben, und nach den genau herausgearbeiteten Statistiken, die meine Gesellschaft gesammelt hat, besteht jede Möglichkeit, daß er das auch tut. Verstehen Sie jetzt, Mr. Treadwell?»

Es dauerte lange, bis die Antwort kam. «Ja», sagte Mr. Treadwell endlich, und er flüsterte fast: «Jetzt verstehe ich.»

«Gut», sagte Bunce mitfühlend. «Sehr gut. Der Anfang ist immer schwer – das Eingeständnis, daß es tatsächlich ein Problem gibt, das Sie bedrückt und das Ihnen jeden Tag, den Gott werden läßt, verdunkelt. Auch bedarf es nicht der Frage, warum Sie alle Anstrengungen machen, es sogar vor sich selber zu verheimlichen. Sie möchten Mrs. Treadwell mit Ihrem Kummer verschonen, nicht wahr?»

Mr. Treadwell nickte.

«Würde es Sie erleichtern», fragte Bunce, «wenn ich Ihnen sagte, daß Mrs. Treadwell Ihre Gefühle teilt? Daß auch sie ihres Vaters

Anwesenheit in ihrem Haus als Last empfindet, die von Tag zu Tag schwerer wird?»
«Aber das kann sie doch nicht!» sagte Mr. Treadwell bestürzt. «Sie war es doch, die vorgeschlagen hat, er solle bei uns leben, nachdem Sylvia geheiratet hatte und wir ein Zimmer übrig hatten. Sie hat mir klargemacht, wieviel er doch für uns getan habe, als wir damals anfingen, und wie leicht es sei, mit ihm auszukommen, und wie wenig er kosten würde – sie hat mir die ganze Geschichte erst eingeredet. Ich kann nicht glauben, daß sie's nicht ernst gemeint haben soll!»
«Natürlich hat sie's ernst gemeint. Sie hatte all die üblichen Gefühle beim Gedanken an ihren alten Vater, der irgendwo ganz allein lebte, sie bot all die herkömmlichen Argumente zu seinen Gunsten auf, und dabei war sie jeden Augenblick ehrlich. Die Falle, in die sie Sie beide führte, war die Grube, in die jeder fällt, der sich trüber Gefühlsduselei hingibt. Ja, manchmal bin ich wirklich geneigt zu glauben, daß Eva den Apfel nur gegessen hat, um die Schlange glücklich zu machen», sagte Bunce und schüttelte bei diesem Gedanken ärgerlich den Kopf.
«Arme Carol», stöhnte Mr. Treadwell, «wenn ich nur gewußt hätte, daß es sie genauso quält wie mich –»

«Ja?» sagte Bunce. «Was hätten Sie dann getan?»
Mr. Treadwell runzelte die Stirn. «Ich weiß es nicht. Aber es hätte uns doch irgend etwas einfallen müssen, wenn wir es uns nur gemeinsam überlegt hätten.»
«Was?» fragte Bunce. «Den Mann aus dem Haus jagen?»
«Nein, nicht gerade so etwas.»
«Was dann?» beharrte Bunce. «Ihn in ein Altersheim stecken? Da gibt's einige außerordentlich luxuriöse Heime für diesen Zweck. Etwas Derartiges müßten Sie schon in Betracht ziehen, da er ja schließlich kein Fall für die Wohlfahrt ist; außerdem kann ich mir nicht vorstellen, daß er den Gedanken, in ein öffentliches Heim zu gehen, besonders freundlich aufnehmen würde.»
«Wer tut das schon?» meinte Mr. Treadwell. «Und was diese Heime betriffft, so habe ich mich mal mit der Idee befaßt, aber als ich erfuhr, was sie kosten, war's aus. Es wäre ein Vermögen.»
«Vielleicht», schlug Bunce vor, «könnte man ihm eine eigene Wohnung besorgen – eine kleine, preiswerte Bleibe und jemand, der ihn versorgt.»
«Das ist zufällig genau das, was er aufgegeben hat, um zu uns zu ziehen. Und wenn ihn

jemand versorgt – Sie würden nicht glauben, was das kostet. Vorausgesetzt, man findet überhaupt jemand, der ihm paßt.»
«Richtig», sagte Bunce und schlug hart mit der Faust auf den Tisch. «In jeder Beziehung richtig, Mr. Treadwell.»
Mr. Treadwell sah ihn böse an. «Was soll das heißen – richtig? Ich hatte gedacht, Sie wollten mir in dieser Angelegenheit behilflich sein, aber bis jetzt haben Sie mir noch keinen einzigen Vorschlag anzubieten gehabt. Und dabei tönen Sie, als hätten wir die schönsten Fortschritte gemacht.»
«Haben wir, Mr. Treadwell, haben wir. Auch wenn Sie's gar nicht gewahr geworden sind, haben wir soeben den zweiten Schritt zu Ihrer Befreiung getan. Der erste Schritt war das Eingeständnis, daß es ein Problem gibt; der zweite Schritt war die Erkenntnis, daß es, ganz gleich wie man die Sache auch ansieht, keine logische oder praktische Lösung des Problems zu geben scheint. Auf diese Weise sind Sie nicht nur Beobachter, Sie haben sogar tatsächlich Anteil an dem großartigen Verfahren der Segensreich-Methode, die Ihnen am Ende die einzig mögliche Lösung fertig in Ihre Hände legt.»
«Die Segensreich-Methode?»
«Verzeihen Sie», sagte Bunce. «In meinem

Enthusiasmus habe ich eine Bezeichnung benutzt, die wissenschaftlich noch nicht en vogue ist. Ich muß deshalb erklären, daß die Segensreich-Methode eine Bezeichnung ist, die meine Mitarbeiter bei der Gesellschaft für Gerontologie dieser Art des Verfahrens gegeben haben. Es ist so benannt zu Ehren von J. G. Segensreich, dem Gründer der Gesellschaft und einem der großen Männer unserer Zeit. Noch hat er nicht die ihm gebührende Anerkennung gefunden, aber auch das wird kommen. Denken Sie an meine Worte, Mr. Treadwell, eines Tages wird der Klang seines Namens den von Malthus übertönen.»

«Komisch, ich habe noch nie von ihm gehört», sann Mr. Treadwell. «Gewöhnlich bin ich doch auf dem laufenden durch die Zeitungen. Und noch etwas», fügte er hinzu, wobei er Bunce mit zusammengekniffenen Augen ansah, «wir sind noch nicht darauf zurückgekommen, wieso Sie gerade meinen Fall auf Ihrer Liste haben, und wie Sie es fertiggebracht haben, soviel über mich herauszukriegen.»

Bunce lachte wohlgefällig. «Wenn Sie es so sagen, klingt's geheimnisvoll. Schauen Sie, Mr. Treadwell, die Gesellschaft hat Hunderte von Ermittlungsbeamten, die unser großes

Land von Küste zu Küste durchforsten, wovon die Bevölkerung im allgemeinen aber nichts merkt. Es ist gegen die Vorschriften der Gesellschaft, daß sich irgendein Angestellter als professioneller Ermittlungsbeamter ausgibt – er würde sofort seine ganze Wirksamkeit einbüßen. Es ist auch nicht so, daß diese Ermittler bei einer bestimmten Person anfangen. Ihr Interesse erstreckt sich auf *jede* ältere Person, die bereit ist, über sich selber zu reden, und Sie wären überrascht, wie redselig die meisten älteren Leute in bezug auf ihre intimsten Angelegenheiten sind. Das heißt natürlich: solange sie unter Freunden sind.

Diese Personen trifft man wie von ungefähr auf Parkbänken, in Gasthäusern, in Büchereien – an jedem Ort, welcher der Bequemlichkeit und der Unterhaltung förderlich ist. Der Ermittler freundet sich mit den Personen an, bringt sie dazu, aus sich herauszugehen, und versucht besonders, soviel wie möglich über die jüngeren Leute zu erfahren, auf die diese Alten angewiesen sind.»

«Sie meinen», sagte Mr. Treadwell mit wachsendem Interesse, «die Leute, die sie unterstützen?»

«Nein, nein», sagte Bunce. «Sie machen den üblichen Fehler und setzen Abhängigkeit mit

Finanzierungen gleich. Natürlich gibt es in vielen Fällen eine finanzielle Abhängigkeit, aber das ist der unbedeutendere Teil des Gesamtbildes. Der wichtigste Faktor ist immer eine gefühlsmäßige Abhängigkeit. Selbst wo eine räumliche Entfernung den älteren Menschen von dem jüngeren trennen mag, diese gefühlsmäßige Abhängigkeit ist immer da. Das ist wie ein Strom zwischen den beiden. Der jüngere Mensch wird schon durch die bloße Tatsache, daß der ältere existiert, mit Schuldgefühl und Ärger beladen. Es war die persönliche Erfahrung dieses tragischen Dilemmas unserer Zeit, die J. G. Segensreich zu seinem großen Werk inspiriert hat.»
«Mit anderen Worten», sagte Mr. Treadwell, «Sie meinen, selbst wenn der alte Mann nicht bei uns leben würde, wäre dies alles genauso schlimm für Carol und mich?»
«Sie scheinen das zu bezweifeln, Mr. Treadwell. Aber sagen Sie mir doch, was macht die Sache denn jetzt so schlimm, um bei Ihren eigenen Worten zu bleiben?»
Mr. Treadwell bedachte sich. «Nun», sagte er, «ich glaube, es liegt einfach daran, daß man andauernd eine dritte Person um sich herum hat. Das geht einem nach einer Weile auf die Nerven.»
«Aber Ihre Tochter hat als dritte Person über

zwanzig Jahre in Ihrem Haus gelebt», stellte Bunce fest. «Dennoch bin ich sicher, Sie haben ihr gegenüber nie eine ähnliche Empfindung gehabt.»
«Das ist etwas ganz anderes», protestierte Mr. Treadwell. «Mit einem Kind hat man viel Spaß, man kann mit ihm spielen, kann zusehen, wie es heranwächst –»
«Warten Sie!» sagte Bunce. «Jetzt treffen Sie genau ins Schwarze. All die Jahre, in denen Ihre Tochter mit Ihnen lebte, hatten Sie das Vergnügen, sie aufwachsen zu sehen. Sie sahen sie erblühen wie eine schöne Blume, sahen schließlich, wie sie sich als Erwachsene entwickelte. Aber der alte Mann in Ihrem Haus kann jetzt nur noch dahinwelken, nur noch langsam absterben, und dies mit ansehen zu müssen, wirft auch auf Ihr Leben einen Schatten, nicht wahr?»
«Ich glaube schon.»
«Also in diesem Fall glauben Sie wirklich, daß es einen Unterschied machen würde, wenn er nun irgendwo anders lebte? Würden Sie weniger davon spüren, daß er dahinwelkt und abstirbt und sehnsüchtig aus der Ferne auf Sie blickt?»
«Natürlich nicht. Carol würde wahrscheinlich halbe Nächte lang nicht schlafen vor lauter Sorge um ihn, und schon ihretwegen

müßte ich mich auch in Gedanken dauernd mit ihm beschäftigen. Das ist doch ganz natürlich, oder nicht?»

«In der Tat, so ist es, und ich freue mich, sagen zu können, daß Sie mit dieser Erkenntnis den dritten Schritt der Segensreich-Methode vollzogen haben. Sie erkennen nun, daß es nicht die Gegenwart der alternden Person ist, die das Problem heraufbeschwört, sondern ihre Existenz.»

Mr. Treadwell verzog nachdenklich den Mund. «Das gefällt mir nicht, was Sie da sagen.»

«Warum nicht? Ich stelle nur eine Tatsache fest.»

«Vielleicht tun Sie das, aber da ist noch etwas dabei, das hinterläßt einen schlechten Geschmack im Mund. Es ist, als ob man sagen würde, der einzige Ausweg für Carol und mich aus unseren Schwierigkeiten sei der Tod des alten Mannes.»

«Ja», sagte Bunce ernst, «es ist, als ob man das sagen würde.»

«Nun, ich mag das nicht – überhaupt nicht. Bei dem Gedanken, daß man jemand tot sehen möchte, kommt man sich doch ziemlich gemein vor. Und soviel ich weiß, hat dieser Wunsch auch noch niemanden wirklich umgebracht.»

Bunce lächelte. «Nein?» sagte er sanft.
Er und Mr. Treadwell beobachteten einander schweigend. Dann zog Mr. Treadwell mit kraftlosen Fingern ein Taschentuch aus der Rocktasche und betupfte damit seine Stirn.
«Sie», sagte er mit Bedacht, «sind entweder ein Verrückter oder ein alberner Witzbold. Wie dem auch sei, ich verlange, daß Sie hier verschwinden. Das will ich Ihnen raten.»
Bunce' Gesicht war ganz mitfühlende Anteilnahme.
«Mr. Treadwell», rief er, «haben Sie nicht verstanden, daß Sie gerade im Begriff waren, den vierten Schritt zu tun? Sehen Sie denn nicht, wie nahe Sie Ihrer Befreiung sind?»
Mr. Treadwell zeigte auf die Tür. «Raus – oder ich rufe die Polizei!»
Der Ausdruck auf Bunce' Gesicht wechselte von Anteilnahme zu Abscheu. «Oh, hören Sie doch auf, Mr. Treadwell, Sie glauben doch nicht, irgend jemand würde die konfuse, unmögliche Geschichte ernst nehmen, die Sie erzählen würden. Bitte überlegen Sie sorgfältig, ehe Sie vorschnell handeln, jetzt oder später. Wenn die wahren Gründe unseres Gesprächs auch nur erwähnt würden, wären Sie der einzige, der darunter zu leiden hätte, das können Sie mir glauben. Inzwischen lasse ich Ihnen meine Karte da. Wann

immer Sie mich zu beehren wünschen, ich stehe zu Ihren Diensten.»

«Und warum sollte ich jemals wünschen, Sie zu beehren?» fragte Mr. Treadwell mit bleichem Gesicht.

«Da gibt es verschiedene Gründe», sagte Bunce, «aber einen vor allem.» Er suchte seine Sachen zusammen und wandte sich zur Tür. «Bedenken Sie, Mr. Treadwell, jedermann, der die ersten drei Stufen der Segensreich-Methode erklommen hat, kann nicht umhin, auch die vierte zu ersteigen. Sie haben beachtliche Fortschritte in kürzester Zeit gemacht, Mr. Treadwell, Sie werden mich wohl bald aufsuchen.»

«Eher sehen wir uns in der Hölle wieder», sagte Mr. Treadwell.

Trotz dieser wenig vornehmen Verabschiedung machte Mr. Treadwell nun eine schlimme Zeit durch. Das Unglück war, seit er die Segensreich-Methode kannte, ging sie ihm nicht mehr aus dem Sinn. Sie brachte ihn auf Gedanken, die er nur mit Mühe wieder verdrängen konnte, und sie veränderte außerdem den Umgang mit seinem Schwiegervater auf wenig schöne Weise.

Niemals zuvor war der alte Mann so aufdringlich gewesen, so sehr im Wege und so sehr in der Lage, jederzeit genau das zu

sagen oder zu tun, was am meisten geeignet war, Verdruß zu bringen. Besonders wütend wurde Mr. Treadwell, wenn er sich vorstellte, wie dieser Eindringling in seinem Haus völlig fremden Menschen seine privaten Angelegenheiten vorplapperte, wie er allzeit bereit war, Einzelheiten aus seinem Familienleben an bezahlte Ermittler weiterzutratschen, die nur darauf aus waren, Ärger zu machen. Und in dem fiebrigen Gemütszustand, in dem sich Mr. Treadwell befand, ließ er es auch nicht als Entschuldigung gelten, daß die Ermittler als solche gar nicht erkennbar waren.
Im Laufe weniger Tage mußte Mr. Treadwell, der stolz darauf war, ein vernünftiger, klarsichtiger Geschäftsmann zu sein, sich eingestehen, daß es mit ihm schlecht bestellt war. Überall glaubte er, Anzeichen für eine phantastische Verschwörung zu erkennen. Er malte sich aus, wie Hunderte – nein Tausende – von Bunces im ganzen Land in alle Büros ausschwärmten, genau wie in das seine, und bei dem Gedanken trat ihm kalter Schweiß auf die Stirn.
Aber, sagte er sich, das Ganze ist doch wirklich zu hirnverbrannt. Er konnte das auch beweisen, indem er sich einfach seine Unterhaltung mit Bunce vor Augen hielt, und das tat er auch ein paar dutzendmal. Schließlich

war es nichts weiter als die objektive Betrachtung eines sozialen Problems. War irgend etwas gesagt worden, wovor ein wahrhaft intelligenter Mann zurückschrecken müßte? Keineswegs. Wenn er daraus so schockierende Folgerungen gezogen hatte, dann deshalb, weil der Gedanke schon in seinem Kopf rumort und einen Ausweg gesucht hatte. Andererseits...

Es verschaffte Mr. Treadwell gewaltige Erleichterung, als er sich am Ende entschloß, die Gesellschaft für Gerontologie aufzusuchen. Er wußte, was er dort finden würde: Einen schmutzigen Raum oder auch zwei, ein paar unterbezahlte Schreibkräfte, den sauren Geruch unbedeutender karitativer Werke – alles dies würde die Dinge wieder ins rechte Lot rücken. Er war so erfüllt von dieser Vorstellung, daß er beinahe an dem riesigen Turm aus Glas und Aluminium vorbeigegangen wäre, der die Adresse der Gesellschaft war; voller Verwirrung fuhr er mit dem leise summenden Fahrstuhl nach oben und tauchte ganz betäubt im Vorzimmer des Hauptbüros auf. Und er war noch immer betäubt, als er von einer schicken, langbeinigen jungen Dame durch ein ungeheures und anscheinend endloses Labyrinth von Räumen geleitet wurde, und er sah, als er vorüberging, Heerscharen anderer junger Damen, nicht weniger schick und langbeinig, unzählige flinke, breitschultrige junge Männer, lange Reihen stromlinienförmiger Maschinen, klickend und flackernd in elektronischer Fröhlichkeit, Gebirge von Karteischränken aus rostfreiem Stahl, und, über dem Ganzen, der milde Widerschein indirekter Beleuchtung auf Plastik und Metall – bis er schließlich in das Empfangszimmer von Bunce persönlich geführt wurde und die Tür sich hinter ihm schloß.

«Ganz eindrucksvoll, nicht?» sagte Bunce und genoß offensichtlich Mr. Treadwells Erstaunen.

«Eindrucksvoll?» krächzte Mr. Treadwell heiser. «Mann, ich hab noch nie irgendwas Ähnliches gesehen. Da stecken doch mindestens zehn Millionen Dollar drin!»

«Warum auch nicht? Die Wissenschaft arbeitet Tag und Nacht, wie weiland Frankenstein, Mr. Treadwell, nur um die Lebenserwartung noch über jedes gesunde Maß hinaus zu verlängern. Es gibt heute vierzehn Millionen Menschen über fünfundsechzig in diesem Land. In zwanzig Jahren wird ihre Zahl auf einundzwanzig Millionen gestiegen sein. Und danach kann niemand auch nur schätzen, wie hoch die Zahlen noch steigen werden!

Aber das Gute an der Sache ist, daß jeder dieser alten Leute von jungen Gönnern oder zukünftigen Gönnern unserer Gesellschaft umgeben ist. Und so wie die Flut immer höher steigt, wachsen auch wir und werden immer stärker, um sie schließlich aufzuhalten.»

Mr. Treadwell fühlte, wie ihn ein Schauer des Grauens durchdrang. «Dann ist es also wahr, ja?»

«Wie meinen Sie?»

«Diese Segensreich-Methode, von der Sie immerfort sprechen», sagte Mr. Treadwell erregt. «Es geht einfach darum, alles dadurch zu erledigen, daß man die Alten abschafft!»

«Richtig!» sagte Bunce. «Genau das ist es. Und J. G. Segensreich selber hätte es nicht besser ausdrücken können. Sie wissen mit Worten umzugehen, Mr. Treadwell. Ich bewundere einen Mann immer, der gleich zur Sache kommt, ohne sentimentales Geschwafel.»

«Aber Sie kommen nicht durch damit», sagte Mr. Treadwell voller Zweifel. «Sie glauben doch selber nicht, daß Sie damit durchkommen, oder?»

Bunce wies auf die ausgedehnten Räumlichkeiten hinter den geschlossenen Türen. «Ist das nicht ein hinreichender Beweis für den Erfolg unserer Gesellschaft?»

«Aber alle die Leute da draußen? Wissen die denn, was gespielt wird?»
«Wie gutgeschultes Personal überall, Mr. Treadwell», sagte Bunce vorwurfsvoll, «kennen sie nur ihre persönlichen Pflichten. Was Sie und ich hier besprechen, ist sozusagen geheime Kommandosache.»
Mr. Treadwells Schultern sanken. «Es ist unmöglich», sagte er schwach. «Das kann nicht gutgehen.»
«Aber, aber», sagte Bunce nicht unfreundlich. «Sie dürfen sich nicht bange machen lassen. Ich kann mir schon denken, was Sie am meisten stört; nämlich das was J. G. Segensreich manchmal den Sicherheitsfaktor genannt hat. Aber sehen Sie's mal so an, Mr. Treadwell: Ist es nicht natürlich, daß alte Leute sterben? Nun, unsere Gesellschaft garantiert dafür, daß die Todesfälle natürlich erscheinen. Untersuchungen sind selten. Nicht eine hat uns bisher irgendwelche Scherereien gemacht.
Und mehr noch, Sie wären von vielen Namen auf der Liste unserer Gönner beeindruckt. Mächtige Leute aus Politik und Finanzwelt strömen zu uns. Einer wie der andere könnte ein glänzendes Zeugnis von unserer Tüchtigkeit ablegen. Und bedenken Sie, daß so wichtige Leute die Gesellschaft für Gerontolo-

gie gleichsam unverwundbar machen, Mr. Treadwell, ganz gleich, an welchem Punkt man sie auch angreifen mag. Und diese Unverwundbarkeit erstreckt sich auf jeden einzelnen unserer Spender, auch auf Sie, falls Sie sich entschließen sollten, uns mit der Lösung Ihres Problems zu beauftragen.»

«Aber ich habe kein Recht dazu», protestierte Mr. Treadwell verzweifelt. «Selbst wenn ich es wollte, wer bin ich denn, daß ich eine Sache für irgendeinen anderen auf diese Weise erledigen könnte?»

«Aha.» Bunce lehnte sich aufmerksam vor. «Aber Sie wollen die Sache erledigen?»

«Nicht auf diese Weise.»

«Können Sie eine andere vorschlagen?»

Mr. Treadwell blieb stumm.

«Sie sehen», sagte Bunce mit Befriedigung, «die Gesellschaft für Gerontologie bietet die einzige praktische Lösung Ihres Problems. Sind Sie noch immer dagegen, Mr. Treadwell?»

«Ich kann's nicht einsehen», sagte Mr. Treadwell eigensinnig. «Es ist einfach nicht recht.»

«Sind Sie da ganz sicher?»

«Natürlich bin ich das», schnappte Mr. Treadwell. «Wollen Sie mir erzählen, daß es recht ist und anständig, herumzulaufen und Leute umzubringen, nur weil sie alt sind?»

«Genau das will ich Ihnen erzählen, Mr.

Treadwell, und ich bitte Sie, die Sache einmal so anzusehen: Wir leben heutzutage in einer Welt des Fortschritts, einer Welt von Herstellern und Verbrauchern, alle aufs beste bemüht, unser gemeinsames Los zu verbessern. Die Alten sind weder Hersteller noch Verbraucher, deshalb sind sie nur ein Hindernis für die Beständigkeit unseres Fortschritts. Werfen wir nur einen kurzen, sentimentalen Blick zurück in den pastoralen Dunst von vorgestern, wo die Alten, wie wir finden, durchaus eine Funktion hatten. Während die Jungen draußen waren, um die Felder zu bestellen, konnten die Alten das Haus besorgen. Aber selbst diese Funktion ist heute überlebt. Wir haben hundert andere Mittel, unser Haus zu besorgen, und sie sind weitaus billiger. Können Sie das bestreiten?»

«Ich weiß nicht», beharrte Mr. Treadwell verstockt. «Sie behaupten, daß Menschen Maschinen sind, und da kann ich Ihnen keineswegs folgen.»

«Gütiger Himmel», sagte Bunce, «erzählen Sie mir bloß nicht, Sie sähen sie als etwas anderes an! Natürlich sind wir Maschinen, Mr. Treadwell, wir alle! Einzigartige und wundervolle Maschinen, gebe ich zu, aber dennoch Maschinen. Ja, betrachten Sie doch die Welt um sich herum. Das ist ein riesiger Organismus, zusammengesetzt aus lauter ersetzbaren Teilen, alle bemüht, immer wieder herzustellen und zu verbrauchen, bis sie selber verbraucht sind. Soll man zulassen, daß die verbrauchten Teile bleiben, wo sie sind? Natürlich nicht! Sie müssen unbedingt beseitigt werden, damit der ganze Organismus nicht unbrauchbar wird. Es ist der ganze Organismus, der zählt, Mr. Treadwell, nicht irgendeiner seiner Teile. Können Sie das nicht verstehen?»

«Ich weiß nicht», sagte Mr. Treadwell unsicher. «Ich habe so noch nie darüber nachgedacht. Es ist schwer, das alles auf einmal zu verdauen.»

«Ich verstehe das, Mr. Treadwell, aber es ist ein Teil der Segensreich-Methode, daß die Spender den großen Wert ihres Beitrags vollauf zu würdigen wissen, nicht nur insofern, als er ihnen selber zugute kommt, sondern auch in jener Hinsicht, in der er dem ganzen sozialen Organismus Nutzen bringt. Indem Sie eine Spende für unsere Gesellschaft zeichnen, vollbringen Sie in der Tat den nobelsten Akt Ihres Lebens.»

«Spende?» sagte Mr. Treadwell. «Was für eine Spende?»

Bunce entnahm einer Schublade seines Schreibtisches ein gedrucktes Formular und legte es sorgsam zur Ansicht vor Mr. Treadwell hin. Der las es und setzte sich abrupt auf.

«Aber hier steht, daß ich mich verpflichte, Ihnen nach Ablauf eines Monats zweitausend Dollar zu zahlen. Von einer solchen Summe war bisher nie die Rede!»

«Es gab ja auch noch keine Veranlassung, diese Frage aufzurollen», antwortete Bunce. «Aber seit geraumer Zeit hat ein Komitee der Gesellschaft Ihre finanzielle Lage untersucht, und es ist uns berichtet worden, daß Sie diese Summe ohne Anstrengung und Mühe zahlen könnten.»

«Was soll das heißen, Anstrengung und Mühe?» gab Mr. Treadwell zurück. «Zweitausend Dollar sind eine Menge Geld, ganz gleich, wie man es ansieht.»

Bunce zuckte die Achseln. «Jede Spende ist ganz nach der Zahlungsfähigkeit des Spenders gehalten, Mr. Treadwell. Bedenken Sie, was Ihnen vielleicht teuer kommt, mag manch anderen Spendern, mit denen ich zu tun hatte, sehr billig erscheinen.»

«Und was bekomme ich dafür?»

«Im Verlauf eines Monats, nachdem Sie die Spende gezeichnet haben, ist die Angelegenheit mit Ihrem Schwiegervater erledigt. Sofort danach wird von Ihnen erwartet, daß Sie die volle Summe bezahlen. Ihr Name wird dann in die Liste unserer Gönner aufgenommen, und das ist alles.»

«Mir gefällt der Gedanke nicht, in eine Liste aufgenommen zu werden, ganz gleich, was für eine.»

«Das kann ich verstehen», sagte Bunce. «Aber darf ich Sie daran erinnern, daß eine Spende an eine karitative Organisation wie die Gesellschaft für Gerontologie steuerabzugsfähig ist?»

Mr. Treadwell Finger ruhten leicht auf dem Spendenformular. «Setzen wir doch mal den Fall», sagte er, «jemand unterschreibt so ein Ding und zahlt dann nicht! Ich nehme an, Sie wissen, daß eine solche Spende nicht gerichtlich eingeklagt werden kann, nicht wahr?»

«Ja», lächelte Bunce, «und ich weiß auch, daß eine große Zahl von Organisationen die Spenden nicht kassieren kann, die man ihnen offensichtlich in guter Absicht zugesagt hat. Aber die Gesellschaft für Gerontologie hat mit solchen Schwierigkeiten noch nie zu tun gehabt. Wir vermeiden das, indem wir alle Spender daran erinnern, daß die Jungen, wenn sie nicht achtgeben, genauso unerwartet sterben können wie die Alten... Nein, nein», sagte er und rückte das verrutschte Formular wieder gerade, «einfach Ihre Unterschrift, hier unten, genügt.»

Als man drei Wochen später Mr. Treadwells Schwiegervater am Fuße des Piers von East Sconsett ertrunken auffand (der alte Mann fischte regelmäßig von dem Pier aus, obwohl ihm verschiedene einheimische Kenner schon oft gesagt hatten, daß man dort nicht viel fängt), wurde das Ereignis pflichtmäßig in den Akten von East Sconsett als Unfall durch Ertrinken eingetragen, und Mr. Treadwell traf alle Anstalten für ein besonders feierliches Begräbnis. Und es war bei diesem Begräbnis, daß bei Mr. Treadwell zum ersten Male *der* Gedanke auftauchte. Es war ein flüchtiger, unangenehmer Gedanke, gerade störend genug, um ihn stolpern zu lassen, als er die Kirche betrat. In dem ganzen Durcheinander des Augenblicks war es jedoch nicht schwer, ihn zu verdrängen. Ein paar Tage später, als er wieder an seinem vertrauten Schreibtisch saß, kam der Gedanke plötzlich wieder. Diesmal war es nicht so leicht, ihn zu verdrängen. Er wuchs unaufhaltsam, wurde größer und größer in seinem Kopf, bis jede Stunde, in der er wachte, mit Schrecken erfüllt war und sein Schlaf zu einer Kette von grauenhaften Alpdrücken wurde. Da gab es nur einen Menschen, der diese Sache für ihn klären konnte, das wußte er; und so erschien er im Büro der Gesellschaft für Gerontologie in brennender Sorge, daß Bunce dies auch tun möge. Er nahm kaum wahr, daß er Bunce den Scheck übergab und die Quittung in seine Tasche steckte. «Etwas an der Sache beunruhigt mich», sagte Mr. Treadwell ohne Umschweife.

«Ja?»

«Nun, erinnern Sie sich, wie Sie mir erzählt haben, wieviel alte Leute es in zwanzig Jahren geben wird?»

«Natürlich.»

Mr. Treadwell lockerte seinen Kragen, um den Druck um seine Kehle zu mindern. «Aber begreifen Sie denn nicht? Ich werde einer von ihnen sein!»

Bunce nickte. «Wenn Sie einigermaßen auf sich aufpassen, sehe ich keinen Grund, warum Sie es nicht sein sollten», stellte er fest.

«Sie verstehen nicht, was ich meine», sagte Mr. Treadwell drängend. «Ich werde dann in der Situation sein, mich jederzeit davor fürchten zu müssen, daß jemand von Ihrer Gesellschaft kommt und meine Tochter und meinen Schwiegersohn auf dumme Gedanken bringt! Es ist doch gräßlich, sich für den Rest seines Lebens davor fürchten zu müssen.»

Bunce schüttelte langsam den Kopf. «Das glauben Sie doch nicht im Ernst, Mr. Treadwell.»

«Und warum nicht?»
«Warum? Also, denken Sie mal an Ihre Tochter, Mr. Treadwell. Denken Sie an sie?»
«Ja.»
«Denken Sie an das reizende Kind, das seine Liebe über Sie ausschüttete, um dafür die Ihre zu erhalten. Die schöne, junge Frau, die soeben die Schwelle des Ehestands überschritten hat, aber Sie noch immer so gern besucht, eifrig bemüht, Sie spüren zu lassen, wie sehr sie Ihnen zugetan ist?»
«Ich weiß das.»
«Und sehen Sie in Gedanken den mannhaften jungen Menschen, der ihr Gatte ist? Können Sie die Wärme seines Händedrucks fühlen, wenn er Sie begrüßt? Wissen Sie um seine Dankbarkeit für die finanzielle Unterstützung, die Sie ihm regelmäßig gewähren?»
«Ich denke schon.»
«Ehrlich, Mr. Treadwell, können Sie sich vorstellen, daß einer dieser beiden liebevollen und ergebenen jungen Menschen irgend etwas – auch nur das Allergeringste – tun könnte, um Sie zu verletzen?»
Der Druck um Mr. Treadwells Kehle löste sich auf wunderbare Weise, und der eisige Hauch wich von seinem Herzen. «Nein», sagte er mit Überzeugung, «ich kann es mir nicht vorstellen.»

«Großartig», sagte Bunce. Er lehnte sich weit zurück in seinem Stuhl und lächelte voll freundlicher Weisheit. «Halten Sie diesen Gedanken fest, Mr. Treadwell. Bewahren Sie ihn und lassen Sie ihn nie mehr los. Er wird Ihnen Erquickung bringen und Trost bis an Ihr seliges Ende.»

Nagelprobe mit einem Toten

Es war ein schlimmer Augenblick. Das Café in der Rue de Rivoli hatte verlockend ausgesehen, ich hatte mich an einen Tisch draußen an der Straße gesetzt, und als ich dann zufällig zum Nebentisch hinüberblickte, merkte ich, daß ich einer jungen Frau in die Augen starrte, die mich in überraschtem Wiedererkennen ansah. Es war Madame Sophia Kassoulas. Plötzlich ragte die Vergangenheit über mir auf wie ein ungeheurer Geist aus der Flasche. Der Schock war so groß, daß ich fühlte, wie mir das Blut aus dem Gesicht wich. Madame Kassoulas war augenblicklich an meiner Seite.

»Monsieur Drummond, was ist? Sie sehen so krank aus. Kann ich irgend etwas für Sie tun?»

«Nein, nein. Etwas zu trinken, das ist alles. Kognak, bitte.»

Sie bestellte mir einen Kognak, setzte sich dann und knöpfte mir besorgt das Jackett auf. «Oh, ihr Männer. Wie ihr euch in dieser Sommerhitze anzieht!»

Unter anderen Umständen hätte das durchaus angenehm sein können, aber ich stellte mit Verlegenheit fest, daß ich den anderen

Cafébesuchern das Bild eines bedauernswerten weißhaarigen alten Großvaters bieten mußte, der von seiner weichherzigen Enkelin umsorgt wurde.

«Madame, ich versichere Ihnen –»

Sie drückte mir einen Finger fest auf die Lippen. «Bitte! Kein Wort mehr, bis Sie Ihren Kognak haben und wieder in Ordnung sind. Kein einziges Wort.»

Ich gab nach. Außerdem war eine Umkehrung der Verhältnisse nur fair. Bei der alptraumhaften Szene vor sechs Monaten, als wir zuletzt zusammen gewesen waren, hatte sie Schwäche gezeigt und ich war derjenige gewesen, der sie wieder auf die Beine gebracht hatte. Bei unserer jetzigen Begegnung mußte sie ebenso jäh wie ich von bösen Erinnerungen befallen worden sein. Aber sie hielt sich gut; ich bewunderte sie.

Man brachte mir den Kognak, und obwohl ich mich sozusagen *in extremis* befand, hielt ich ihn automatisch gegen die Sonne, um die Farbe zu prüfen. Madame Kassoulas' Lippen verzogen sich zu einem schwachen Lächeln.

«Der gute Monsieur Drummond», murmelte sie. «Immer ein Connaisseur.»

Das war ich wirklich. Und das hatte auch – ich erkannte es in grimmiger Erinnerung – das

Ganze ins Rollen gebracht, an einem Tag, so sonnig wie dieser, voriges Jahr in Paris…

Es war der Tag, an dem mich ein Mann namens Max de Marechal im Büro meiner Firma, Broulet und Drummond, Weinhandlung, in der Rue de Berri aufsuchte. Ich kannte de Marechal flüchtig als Herausgeber der teuren kleinen Zeitschrift *La Cave*, die einzig und allein zur Unterrichtung von Weinkennern publiziert wurde. Kein Fachorgan, sondern eine Art Sprachrohr für *La Société de la Cave*, einen kleinen, auserlesenen Zirkel von Weinkennern und Weinliebhabern. Da ich die Ansichten der Zeitschrift im allgemeinen teilte, freute ich mich, ihren Herausgeber kennenzulernen.
Als ich ihn dann sah, stellte ich allerdings fest, daß ich ihn ganz und gar nicht mochte. Er war Mitte Vierzig, einer dieser adretten, übergesunden Typen, die wie abgedankte Heldendarsteller wirken. Außerdem hatte er einen fieberhaften Bewegungsdrang, der mich nervös machte. Ich selbst bin eher langsam und phlegmatisch. Menschen gegenüber, die ständig in höchster Aufregung herumspringen wie ein Pingpongball auf einem Wasserstrahl, fühle ich mich höchst unbehaglich.
Er sei gekommen, sagte er, um ein Interview

mit mir zu machen. Er bereite eine Artikelserie in seiner Zeitschrift vor und frage verschiedene Weinexperten, welches nach ihrer Meinung der größte Wein sei, den sie je gekostet hätten. So könne man vielleicht zu einer Übereinstimmung kommen und sie festlegen. Falls…

Ich unterbrach ihn: «Falls es überhaupt möglich ist, Einigkeit über den größten Wein zu erzielen. Wenn Sie ein Dutzend Experten fragen, bekommen Sie auch ein Dutzend verschiedener Meinungen.»

«Anfangs sah es in der Tat so aus. Inzwischen habe ich aber festgestellt, daß mehrere sich für nur zwei bestimmte Weine entschieden haben.»

«Und für welche?»

«Beide sind Burgunder. Einer ist der Richebourg 1923. Der andere ist der Romanée-Conti 1934. Ohne Frage gehören beide zu den edelsten Weinen.»

«Ohne Frage.»

«Würden auch Sie einen davon als den Ihrer Ansicht nach größten bezeichnen?»

«Ich lehne es ab, eine Wahl zu treffen, Monsieur de Marechal. Bei solchen Weinen sind Vergleiche nicht nur idiotisch, sie sind unmöglich.»

«Dann glauben Sie nicht, daß es einen Wein

gibt, der ganz allein, ohne Konkurrenz, an der Spitze steht?»
«Doch, es ist möglich, daß es einen solchen Wein gibt. Ich habe ihn zwar nie probiert, aber die Beschreibungen, die von ihm existieren, loben ihn ohne Einschränkung. Ein Burgunder natürlich, von einem Weingut, das niemals wieder etwas Ähnliches produziert hat. Können Sie sich denken, welchen Wein ich meine?»
«Ich glaube, ja.» De Marechals Augen glänzten. «Der glorreiche Nuits Saint-Oen 1929. Stimmt's?»
«Ja.»
Er zuckte die Achseln. «Aber was nützt es mir, das zu wissen, wenn ich noch niemand getroffen habe, der ihn wirklich probiert hat? Ich möchte mich in meiner Artikelserie mit lebenden Experten befassen. Alle, die ich fragte, haben von diesem legendären Saint-Oen gehört, aber kein einziger hat eine Flasche davon auch nur gesehen. Welch ein Unglück, wenn von einem solchen Jahrhundertwein – dem möglicherweise allergrößten – nur eine Legende bleibt. Wenn es doch nur noch eine, eine einzige Flasche auf Erden gäbe –»
«Warum sind Sie so sicher, daß es keine mehr gibt?» fragte ich.

«Warum?» De Marechal lächelte mitleidig. «Weil es nicht sein kann, mein lieber Drummond. Vor nicht allzu langer Zeit war ich selbst auf dem Weingut Saint-Oen. Die Unterlagen des *vigneron* weisen aus, daß insgesamt nur vierzig Dutzend Kisten des 1929ers produziert wurden. Überlegen Sie! Jämmerliche vierzig Dutzend Kisten, über all die Jahre von damals bis heute verteilt, und Tausende von Weinkennern, die nach ihnen gierten. Ich versichere Ihnen, die letzte Flasche wurde schon vor einer Generation geleert.»

Ich hatte nicht vorgehabt, es zu verraten, aber sein herablassendes Lächeln ging mir auf die Nerven.

«Ich fürchte, Sie liegen mit Ihren Berechnungen ein wenig daneben, mein lieber de Marechal. In diesem Augenblick nämlich ruht eine Flasche Nuits Saint-Oen 1929 in den Kellern meiner Firma.»

Die Enthüllung traf ihn so hart, wie ich es mir gewünscht hatte. Sein Unterkiefer fiel herunter: mit offenem Mund starrte er mich in sprachloser Verwunderung an. Dann zog Argwohn über sein Gesicht.

«Sie machen einen Scherz», sagte er. «Das kann nicht stimmen. Gerade haben Sie mir erzählt, daß Sie den Jahrgang noch nie gekostet haben. Und jetzt behaupten Sie –»

«Es ist die Wahrheit. Nach dem Tod meines Partners im letzten Jahr fand ich die Flasche in seinem Privatvorrat.»

«Und Sie waren nicht versucht, sie zu öffnen?»

«Ich widerstehe der Versuchung. Der Wein ist gefährlich alt. Es wäre äußerst schmerzlich, ihn zu öffnen und dann zu entdecken, daß er schon tot ist.»

«Nicht doch!» De Marechal schlug sich an die Stirn. «Sie sind Amerikaner, Monsieur, das ist Ihr Problem. Nur ein Amerikaner kann so reden, nur jemand, der die obszöne Freude der Puritaner an die Selbstverleugnung geerbt hat. Ein Jammer, daß die letzte vorhandene Flasche Nuits Saint-Oen 1929 einen solchen Besitzer hat! Das geht nicht! Das geht absolut nicht! Monsieur Drummond, wir müssen zu einer Einigung kommen. Welchen Preis verlangen Sie für den Saint-Oen?»

«Keinen. Er ist unverkäuflich.»

«Er muß verkäuflich sein!» brauste de Marechal auf. Mit Mühe beherrschte er sich wieder. «Sehen Sie, ich will offen mit Ihnen sprechen. Ich bin kein reicher Mann. Für diese Flasche Wein können Sie tausend Franc, möglicherweise sogar zweitausend Franc bekommen, und ich bin nicht in der Lage, so-

viel Geld auszugeben. Aber ich bin gut bekannt mit einem Mann, der auf jede Ihrer Forderungen eingehen kann. Monsieur Kyros Kassoulas. Vielleicht haben Sie von ihm gehört?»
Da Kyros Kassoulas einer der reichsten Männer Europas war, jemand, dem sich andere große Herren nur mit Ehrfurcht näherten, war es schwer, ihn nicht zu kennen, trotz seiner überall und ständig verbreiteten Bemühungen, in strikter Abgeschiedenheit zu leben.
«Natürlich», sagte ich.
«Und kennen Sie auch das eine große Interesse in seinem Leben?»
«Woher sollte ich? Nach den Zeitungsberichten scheint er ein geheimnisvolles Wesen zu sein.»
«Eine dumme Journalistenphrase für einen reichen Mann, der es vorzieht, seine Privatangelegenheiten für sich zu behalten. Nicht, daß sie skandalös sind. Sehen Sie, Monsieur Kassoulas ist ein fanatischer Weinliebhaber.» De Marechal zwinkerte mir bedeutungsvoll zu. «Deshalb habe ich ihn dafür interessieren können, unsere *Société de la Cave* zu gründen – und deren Zeitschrift.»
«Und Sie zum Herausgeber zu machen.»
«Ganz recht», sagte de Marechal ruhig.

«Natürlich bin ich ihm dafür dankbar. Er seinerseits ist mir dankbar, weil ich ihn gut berate, was die großen Weine betrifft. Ganz unter uns, er war ein trauriger Fall, als ich ihn kennenlernte. Ein Mann ohne den geringsten Hang zu einem Laster, ohne die Fähigkeit, Literatur, Musik oder Kunst zu genießen. Die Leere seines Lebens trieb ihn zur Verzweiflung. An jenem Tag, als ich ihn darauf hinwies, er müsse seinen außerordentlich feinen Geschmack für guten Wein kultivieren, füllte ich diese Leere aus. Seitdem ist die Erforschung der wertvolleren Jahrgänge für ihn die Reise durch ein Wunderland gewesen. Heute ist er, wie gesagt, ein fanatischer Connaisseur. Auch ohne ausdrücklichen Hinweis wüßte er, daß Ihre Flasche Nuits Saint-Oen 1929 im Vergleich zu anderen Weinen das ist, was die Mona Lisa unter den Gemälden darstellt. Ist Ihnen klar, wie sich das in dieser Sache für Sie auswirken wird? Er ist ein harter Geschäftspartner, aber er wird schließlich zweitausend Franc für diese Flasche zahlen. Darauf gebe ich Ihnen mein Wort.»
Ich schüttelte den Kopf. «Ich kann nur wiederholen, Monsieur de Marechal, der Wein ist unverkäuflich. Er hat keinen Preis.»
«Ich bestehe darauf, daß Sie einen Preis nennen!»

Das war zuviel.
«Also gut», sagte ich, «dann beträgt der Preis hunderttausend Franc. Und ohne Garantie, daß der Wein nicht tot ist. Genau einhunderttausend Franc.»
«Aha», sagte de Marechal wütend. «Sie wollen ihn nicht wirklich verkaufen! Aber –»
Plötzlich wurde er starr. Seine Züge verzerrten sich, seine Hände krallten sich in seine Brust. Sein Gesicht, das eben noch rot vor Wut und Eifer gewesen war, erschien jetzt totenbleich und blutleer. Er ließ sich schwer in seinen Stuhl fallen.
«Mein Herz», keuchte er mühsam. «Nichts Besonderes. Ich habe Tabletten –»
Die Tablette, die er sich unter die Zunge legte, war sicher Nitroglyzerin. Ich hatte einen solchen Anfall einmal bei meinem Partner Broulet erlebt.
«Ich rufe einen Arzt», sagte ich, aber als ich ans Telefon ging, wehrte de Marechal mit einer heftigen Geste ab.
«Nein, machen Sie sich nicht die Mühe. Ich kenne mich aus. Es ist nicht das erste Mal.»
Er sah auch schon wieder besser aus.
«Wenn Sie so etwas öfter haben, sollten Sie sich anders verhalten», sagte ich. «Für einen Herzkranken sind Sie viel zu leicht erregbar.»
«Ach ja? Und wie würden Sie sich fühlen,

mein Freund, wenn vor Ihnen plötzlich ein legendärer Wein auftauchte, an den Sie nicht herankommen? Nein, verzeihen Sie mir bitte. Es ist Ihr gutes Recht, Ihre Waren nicht zu verkaufen, wenn Sie es nicht wollen.»

«So ist es.»

«Aber einen kleinen Gefallen könnten Sie mir tun. Würden Sie mir wenigstens erlauben, die Flasche Saint-Oen zu sehen? Ich zweifele nicht an ihrer Existenz. Aber die Freude, sie zu betrachten, sie in Händen zu halten –»

Einen so kleinen Gefallen konnte ich ihm tun. Die Weinkeller von Broulet und Drummond lagen nahe den Halles au Vin, eine kurze Autofahrt vom Büro. Ich geleitete ihn durch das kühle Steinlabyrinth, das an die Seine grenzte, führte ihn zu den Regalen der Nuits Saint-Oen, wo, getrennt von den weniger großen Weinen späterer Jahre, die einzig noch existierende Flasche von 1929 in einsamer Majestät ruhte. Ich holte sie vorsichtig herunter und reichte sie de Marechal, der sie voll Ehrfurcht entgegennahm. Er prüfte das Etikett mit dem Augen des Experten und fuhr mit der Fingerspitze sacht über den Korken.

«Der Korken ist in gutem Zustand.»

«Und wenn schon. Das rettet den Wein nicht, wenn seine Zeit abgelaufen ist.»

«Natürlich nicht. Aber es ist ein ermutigendes Zeichen.» Er hielt die Flasche gegen das Licht. «Und der Bodensatz scheint normal zu sein. Denken Sie daran, Monsieur Drummond, daß einige große Burgunder fünfzig Jahre gelebt haben. Manche sogar noch länger.»

Er gab mir die Flasche widerwillig zurück. Als ich sie wieder ins Regal legte, blieben seine Augen so intensiv darauf gerichtet, daß er wie ein Mann unter Hypnose wirkte. Um den Bann zu brechen, mußte ich ihn anstoßen, bevor ich ihn nach oben in die sonnige Außenwelt führen konnte.

Dort trennten wir uns.

«Ich bleibe in Verbindung», sagte er, als wir uns die Hand schüttelten. «Vielleicht können wir gegen Ende der Woche zusammen essen.»

«Bedaure», sagte ich wahrheitswidrig, «aber Ende der Woche bin ich in New York, in meinem dortigen Büro.»

«Schade. Aber Sie werden mich natürlich informieren, sobald Sie nach Paris zurückgekehrt sind.»

«Natürlich», log ich.

Max de Marechal ließ sich jedoch nicht abschütteln – nicht jetzt, wo er den Nuits Saint-

Oen 1929 leibhaftig vor Augen gehabt hatte. Er muß eine Angestellte in meinem Pariser Büro bestochen und von ihr erfahren haben, wann ich aus den Staaten zurückkehrte, denn er rief mich an, sobald ich wieder an meinem Schreibtisch in der Rue de Berri saß. Er begrüßte mich überschwenglich. Welch ein Glück, daß er gerade jetzt anrief! Ein Glück für ihn – und auch für mich! Warum? Weil *La Société de la Cave* am kommenden Wochenende ein Dinner geben würde, eine regelrechte Weinproben-Orgie, und weil der Vorsitzende der Gesellschaft, Kyros Kassoulas selbst, um meine Anwesenheit gebeten hatte. Mein erster Impuls war, die Einladung abzulehnen. Immerhin wußte ich, was dahintersteckte. Kassoulas hatte von dem Nuits Saint-Oen 1929 gehört und beschied mich auf sein Territorium, wo er persönlich ohne Gesichtsverlust darum feilschen konnte. Außerdem waren diese Weinproben, wie sie von verschiedenen Experten-Zirkeln veranstaltet werden, nichts für mich. Sicher, einen seltenen und exzellenten Wein zu probieren, gehört zu den lohnendsten Erfahrungen des Lebens; aber eine Weinprobe in Gesellschaft von Mit-Enthusiasten scheint aus unerfindlichen Gründen alle falschen, snobistischen Reaktionen, die in der Seele auch des ehrenwertesten Bürgers versteckt sind, ans Licht zu bringen. Es war mir schon immer ein Greuel, herumzusitzen und ansonsten ganz vernünftige Männer miteinander wetteifern zu sehen, wer sich wohl am ekstatischsten über einem Glas Wein gebärdete, zu sehen, wie sie die Augen verdrehten, die Nüstern blähten, sich anstrengten, die widersinnigsten Adjektive zu finden, um den Wein zu beschreiben. Auf der anderen Seite stand schlichte Neugier. Kyros Kassoulas war eine interessante Figur, und mir wurde hier die Chance geboten, ihn leibhaftig kennzulernen. Am Ende siegte die Neugier. Ich nahm an dem Dinner teil, ich traf Kassoulas und stellte bald darauf fest, daß wir großartig miteinander auskamen.

Der Grund dafür war leicht zu verstehen. Kyros Kassoulas war, wie de Marechal es ausgedrückt hatte, ein Weinfanatiker, ein Mann mit aufrichtigem Interesse an den Eigenschaften des Weines, an seiner Geschichte und allem, was dazugehörte. Und ich konnte ihn besser informieren als irgendein anderer in seinem Bekanntenkreis. Sogar besser, wie er mir sagte, als der beschlagene Max de Marechal.

Im Verlauf des Essens, stellte ich mit Interesse fest, daß alle im Saal sich nach Kassoulas

richteten, vor allem der schamlose Kriecher de Marechal, während Kassoulas selbst sich nach mir richtete. Das gefiel mir. Es dauerte nicht lange, und ich fand ihn nicht nur eindrucksvoll, sondern sogar sympathisch.
Eindrucksvoll war er natürlich auch. Etwa fünfzig, klein, mit gewaltigem Brustkorb, ein dunkles Gesicht mit tiefen Furchen und fast affenartigen Ohren – er war häßlich auf eine Art, die so manche intelligente Frau faszinierend findet. Irgendwie erweckte er die Vorstellung eines alten, aus einem Mahagoniblock roh herausgehauenen Götzenbildes, bisweilen gemildert durch einen Schimmer von Interesse in seinen verhangenen, stets wachsamen Augen. Dieser Schimmer wurde intensiv, als er im Gespräch schließlich auf meine Flasche Saint-Oen kam.
Man habe ihm den Preis genannt, bemerkte er trocken, und er sei der Meinung, hunderttausend Franc seien vielleicht doch ein klein wenig übertrieben. Wenn ich mich also mit zweitausend Franc zufriedengeben könnte …
Ich schüttelte den Kopf.
«Das ist ein gutes Angebot», sagte Kassoulas. «Nebenbei gesagt mehr, als ich für jedes andere halbe Dutzend Weinflaschen in meinem Keller bezahlt habe.»

«Das will ich nicht bestreiten, Monsieur Kassoulas.»
«Aber verkaufen wollen Sie auch nicht. Wie groß ist die Chance, daß der Wein sich noch trinken läßt?»
«Wer kann das sagen? Der 1929er Saint-Oen ist spät ausgereift, deshalb lebt er möglicherweise länger als die meisten anderen. Er könnte aber auch schon tot sein. Deshalb öffne ich die Flasche selbst nicht und verkaufe auch niemandem das Recht, sie zu öffnen. Auf diese Weise bleibt sie ein einzigartiger, ein herrlicher Schatz. Wenn man sie öffnet, ist sie vielleicht nur noch eine Flasche verdorbenen Weins.»
Es sprach für ihn, daß er mich verstand. Und als er mich für das nächste Wochenende auf sein Gut bei Saint-Cloud einlud, sagte er mir direkt, er suche nur meine Gesellschaft und nicht eine weitere Möglichkeit, um die Flasche Saint-Oen zu feilschen. Dieses Thema würde er nicht mehr anschneiden. Ich solle nur versprechen, ihm als erstem Gelegenheit zu geben, ein Angebot zu machen, falls ich mich je zum Verkauf der Flasche entschlösse. Und das sagte ich ihm gern zu.
Es war ein für mich angenehmes Wochenende auf seinem Gut, das erste von vielen, die

ich dort verbrachte. Das Anwesen war riesig, wurde aber reibungslos von einer Schar tüchtiger Angestellter bewirtschaftet, die unter der Leitung eines stämmigen grauhaarigen Majordomus namens Joseph standen. Joseph war offensichtlich Kassoulas' ergebener Sklave. Ich war nicht überrascht, als ich erfuhr, daß er Sergeant in der Fremdenlegion gewesen war. Er reagierte auf Befehle, als sei sein Herr der Oberst seines Regiments.

Eine Überraschung war für mich die Dame des Hauses, Sophia Kassoulas. Ich weiß nicht mehr genau, wie ich mir Kassoulas' Frau vorgestellt hatte – jedenfalls nicht als ein Wesen, das jung genug war, seine Tochter zu sein, sanft, schüchtern, mit einer leisen, fast flüsternden Stimme. Nach heutigen Maßstäben, die eine junge Frau dazu verurteilten, ein Knochengestell mit langen, glatten Haaren zu sein, war sie vielleicht ein wenig zu üppig, mit etwas zu ausgeprägten Rundungen, aber ich bin ein altmodischer Mann und glaube, daß Frauen ausgeprägte Rundungen haben sollten. Und wenn sie außerdem, wie Sophia Kassoulas, blasse, dunkeläugige, leicht errötende Schönheiten sind, um so besser.

Als ich im Lauf der Zeit ein immer engerer Freund der Familie wurde, konnte ich ihr die

Geschichte ihrer inzwischen fast fünfjährigen Ehe entlocken. Sophia Kassoulas war eine entfernte Kusine ihres Mannes. Als Kind armer Eltern in einem griechischen Gebirgsdorf geboren, im Kloster erzogen, war sie Kassoulas zum ersten Mal bei einem Familientreffen in Athen begegnet; als noch sehr junges Mädchen hatte sie ihn bald darauf geheiratet. Sie war, so versicherte sie mir mit ihrer weichen, leisen Stimme, eine sehr glückliche Frau. Von einem Mann wie Kassoulas erwählt zu werden, sei gewiß das größte Glück.

Aber das sagte sie, als ob sie sich verzweifelt bemühte, sich selbst davon zu überzeugen. In Wirklichkeit schien sie vor Kassoulas eine Todesangst zu haben. Wenn er eine ganz normale Bemerkung an sie richtete, schrak sie vor ihm zurück. Immer wieder sah ich diese Szene – und ich sah, wie er in Reaktion darauf sie mit eiskalt-höflicher Nichtachtung behandelte, die sie nur noch mehr einschüchterte.

Das ergab eine ungesunde Situation, weil, wie ich aus den Augenwinkeln sah, der charmante Max de Marechal stets zur Stelle war, um Madames Angst zu verscheuchen. Nach einer Weile kam es mir zu Bewußtsein, wie oft ein Abend in Saint-Cloud damit endete, daß

in einer Ecke Kassoulas und ich diskutierend über unserem Kognak saßen, während Madame Kassoulas und Max de Marechal sich eng nebeneinander in einer anderen Ecke unterhielten. An diesen Tête-à-têtes war nichts Ungehöriges, aber sie gefielen mir trotzdem nicht. Die junge Frau wirkte so naiv wie ein Reh, und de Marechal hatte alle Eigenschaften eines erfahrenen Wilddiebs.
Kassoulas selbst merkte entweder nichts oder war erstaunlich uninteressiert. Mit Sicherheit mochte er de Marechal. Er erwähnte es mehrmals mir gegenüber, und einmal, als de Marechal sich in einer Diskussion mit mir über die Vorzüge eines bestimmten Weins erregte, sagte Kassoulas in ernsthafter Sorge zu ihm: «Ruhig, Max, ruhig! Denk an dein Herz! Wie oft hat der Arzt dich vor Aufregung gewarnt!» Es war ungewöhnlich, daß Kassoulas seine Gefühle so deutlich zeigte. Im allgemeinen schien er, wie so viele Männer seiner Art, völlig unfähig, auch nur die geringste Emotion auszudrücken.
Er sprach denn auch nur ein einziges Mal von seinen Gefühlen, soweit sie seine schwierige Ehe betrafen; das geschah, als ich mit ihm seinen Weinkeller inspizierte und ihn darauf hinwies, daß ein Dutzend Volnay-Cailleret 1955, die er gerade eingelagert hatte,

sich wahrscheinlich als äußerst unausgeglichen erweisen würden. Es sei ein Fehler gewesen, diesen Wein zu kaufen, sagte ich; man wisse nie, ob er nicht verdorben sei, wenn man die Flasche öffne.
Kassoulas schüttelte den Kopf.
«Das Risiko habe ich einkalkuliert, Monsieur Drummond! Ich mache keine Fehler.» Er zuckte kaum merklich die Achseln. «Nun, ja, einen vielleicht. Wenn ein Mann ein halbes Kind heiratet –»
Er unterbrach sich. Es war das erste und letzte Mal, daß er dieses Thema berührte. Ihm lag daran, über Wein zu reden, obwohl er gelegentlich, weil ich ihn anregte und mich als guter Zuhörer erwies, Geschichten aus seiner Vergangenheit erzählte. Mein eigenes Leben war eintönig. Es faszinierte mich, Bruchstücke aus Kassoulas' Leben zu erfahren, einer Hafenratte vom Piräus, der als Kind ein Dieb gewesen war, in seiner Jugend ein Schmuggler, und der vor seinem dreißigsten Lebensjahr zum Multimillionär geworden war. Ich empfand dabei die gleiche dramatische Spannung wie auch Kassoulas, wenn ich ihm Geschichten über einige der großen Weine erzählte, die, wie der Nuits Saint-Oen 1929, sich im Faß launisch und zweifelhaft verhalten hatten, bis sie durch ein

Naturwunder plötzlich zu voller Größe erblüht waren.
Bei solchen Themen war auch Max de Marechal in Hochform. Wenn ich sah, wie er sich in den Diskussionen ereiferte, mußte ich innerlich lächeln und daran denken, wie er Kassoulas damals herablassend als Weinfanatiker beschrieben hatte. Diese Bezeichnung paßte auf ihn selbst noch besser. Was auch immer an Max de Marechal falsch sein mochte, seine Gefühle für große Weine waren echt.
Während dieser Monate hielt Kassoulas Wort. Er hatte gesagt, er werde nicht mehr mit mir um die kostbare Flasche Saint-Oen feilschen, und er tat es auch nicht. Gewiß, wir diskutierten den Saint-Oen oft genug – de Marechal war von diesem Thema besessen –, aber wie sehr Kassoulas auch versucht sein mochte, mir erneute Angebote zu machen, er sagte nichts.
Dann geschah folgendes: An einem trüben, kalten Regentag öffnete meine Sekretärin die Tür zu meinem Büro und verkündete mit Ehrfurcht in der Stimme, Monsieur Kyros Kassoulas wolle mich sprechen. Das war eine Überraschung. Obwohl Sophia Kassoulas, die außer de Marechal und mir keine Freunde auf der Welt zu haben schien, mehr-

mals mit mir gegessen hatte, wenn sie zum Einkaufen in der Stadt war, hatte ihr Gatte sich bisher nie herabgelassen, mich in meinem Reich zu besuchen, und ich hatte ihn auch jetzt nicht erwartet.

Er trat ein, begleitet von dem stets adretten de Marechal, der sich, wie ich mit wachsender Verblüffung feststellte, in einem Zustand fieberhafter Erregung befand.

Wir hatten uns kaum begrüßt, als de Marechal direkt aufs Thema kam.

«Die Flasche Nuits Saint-Oen 1929, Monsieur Drummond», sagte er. «Sie erinnern sich sicher, daß Sie einmal einen Preis für sie nannten: hunderttausend Franc.»

«Nur, weil sie für einen solchen Preis niemand kauft.»

«Würden Sie sie für weniger verkaufen?»

«Ich habe bereits klargemacht, daß das nicht in Frage kommt.»

«Mit Ihnen zu handeln ist nicht leicht, Monsieur Drummond. Aber Sie werden sich freuen zu hören, daß Monsieur Kassoulas jetzt Ihren Preis zahlen will.»

Ungläubig sah ich Kassoulas an. Bevor ich etwas sagen konnte, zog er einen Scheck aus der Tasche und reichte ihn mir, ungerührt wie immer. Unwillkürlich warf ich einen Blick darauf: Ein Scheck über hunderttausend Franc. Nach dem augenblicklichen Wechselkurs waren das zwanzigtausend Dollar.

«Das ist lächerlich», brachte ich schließlich hervor. «Das kann ich nicht annehmen!»

«Aber Sie müssen es», sagte de Marechal bestürzt.

«Ich bedaure. Kein Wein ist auch nur einen Bruchteil der Summe wert. Vor allem kein Wein, der vielleicht schon tot ist.»

«Ah», sagte Kassoulas leichthin, «vielleicht zahle ich gerade dafür – daß ich feststellen kann, ob er tot ist oder nicht.»

«Wenn das Ihr Beweggrund ist», protestierte ich.

Kassoulas schüttelte den Kopf.

«Nein. Die Wahrheit, mein Freund, ist, daß dieser Wein ein für mich schwieriges Problem ist. Bald tritt ein großes Ereignis ein, nämlich mein fünfter Hochzeitstag, und ich habe überlegt, wie meine Frau und ich ihn angemessen feiern können. Da hatte ich einen Einfall. Wie kann man ihn besser feiern als dadurch, daß man den Saint-Oen öffnet und entdeckt, daß er sich noch in perfekter Blüte, in makelloser Reife befindet? Was könnte bei einem solchen Anlaß bewegender und bedeutungsvoller sein?»

«Dann ist es um so schlimmer, wenn der Wein

tot ist», argumentierte ich. Der Scheck in meiner Hand wurde allmählich warm. Ich wollte ihn zerreißen, konnte mich aber nicht dazu durchringen.
«Macht nichts. Das Risiko liegt allein bei mir», sagte Kassoulas. «Natürlich werden Sie dabeisein und selbst Ihr Urteil über den Wein abgeben. Darauf bestehe ich. Es wird ein denkwürdiges Ereignis sein, ganz gleich, wie es ausgeht. Ein intimes Dinner für uns vier und der Saint-Oen als Krönung des Festes.»
«Der Hauptgang muß ein Entrecote sein», hauchte de Marechal. «Das paßt ausgezeichnet zu dem Wein.»
Irgendwie konnte ich nicht mehr zurück. Ich faltete langsam den Scheck über hunderttausend Franc und steckte ihn in meine Brieftasche. Schließlich und endlich war ich Weinhändler und lebte davon.
«Wann soll das Dinner stattfinden?» fragte ich. «Denken Sie daran, daß der Wein einige Tage stehen muß, bevor er umgefüllt wird.»
«Natürlich, das habe ich berücksichtigt», sagte Kassoulas. «Heute ist Montag. Das Dinner findet am Samstag statt. Da bleibt mehr als genug Zeit, jedes Detail perfekt vorzubereiten. Am Mittwoch werde ich dafür sorgen,

daß die Temperatur im Speisezimmer genau reguliert, der Tisch gedeckt und die Flasche Saint-Oen aufrecht plaziert wird, damit sich der Bodensatz setzen kann. Der Raum wird abgeschlossen, damit nichts passiert. Bis Samstag sollte er abgelagert sein. Aber ich plane nicht, den Wein zu dekantieren. Ich habe vor, ihn direkt aus der Flasche zu servieren.»

«Riskant», sagte ich.

«Nicht, wenn man mit ruhiger Hand gießt. Zum Beispiel mit dieser.» Kassoulas hielt mir seine kräftige Hand mit kurzen, dicken Fingern hin; sie zitterte nicht. «Ja, dieser grandiose Wein verdient die Ehre, aus der eigenen Flasche eingeschenkt zu werden, so riskant das auch sein mag. Jetzt ist Ihnen doch sicher klar, Monsieur Drummond, daß ich ein Mann bin, der jedes Risiko eingeht, wenn er meint, die Sache sei es wert.»

Bei einem Treffen mit Sophia Kassoulas später in der Woche hatte ich guten Grund, an diese Schlußworte zu denken. Sie rief früh am Morgen an und fragte, ob ich sie zum Mittagessen treffen könne, zu einer Zeit, in der man im Restaurant noch unter sich sei. Ich nahm die Einladung gern an, denn ich glaubte, sie wolle über ihre eigenen Pläne für die große Feier mit mir sprechen. Meine freudige Stimmung verlor sich allerdings, sobald ich mich zu ihr an den Tisch setzte, der im Hintergrund des schwach beleuchteten, fast leeren Raums stand. Sie war offensichtlich in Panik.

«Irgend etwas stimmt nicht», sagte ich zu ihr. «Was ist los?»

«Alles», sagte sie jämmerlich. «Und Sie sind der einzige, an den ich mich um Hilfe wenden kann, Monsieur Drummond. Sie waren immer so nett zu mir. Wollen Sie mir jetzt helfen?»

«Mit Freuden. Wenn Sie mir erzählen, was los ist und was ich dabei tun kann.»

«Ja. Es geht nicht anders. Sie müssen alles erfahren.» Madame Kassoulas holte tief Atem. «Es ist schnell gesagt. Ich hatte eine Affäre mit Max de Marechal. Kyros hat es jetzt entdeckt.»

Das war schlimm. In eine solche Geschichte wollte ich auf gar keinen Fall verwickelt werden.

«Madame», sagte ich unglücklich, «das ist eine Angelegenheit, die Sie und Ihr Gatte allein regeln müssen. Bitte, sehen Sie ein, daß mich das nichts angeht.»

«Oh, wenn Sie nur verstünden –»

«Ich sehe nicht, was es da zu verstehen gibt.»

«Sehr viel. Was Kyros betrifft, mich, meine Ehe. Ich wollte Kyros nicht heiraten, ich wollte niemand heiraten. Aber meine Familie arrangierte die Sache – was konnte ich tun? Und es war schrecklich, von Anfang an. Für Kyros bin ich nur eine nette kleine Dekoration in seinem Haus. Er hat für mich nichts übrig. Er macht sich mehr aus dieser Flasche Wein, die er bei Ihnen gekauft hat, als aus mir. Wenn es um mich geht, ist er kalt wie Stein. Aber Max –»

«Ich weiß», sagte ich müde. «Bei Max war es anders. Max machte sich sehr viel aus Ihnen. Oder wenigstens erzählte er Ihnen das.»

«Ja, das hat er erzählt», sagte Madame Kassoulas trotzig. «Und ob es nun wahr war oder nicht, ich hatte es nötig. Wenn eine Frau keinen Mann hat, der ihr sagt, daß sie ihm etwas bedeutet, hat sie nichts. Aber es war schlecht von mir, Max in Gefahr zu bringen. Und jetzt, wo Kyros Bescheid weiß, ist Max in großer Gefahr.»

«Weshalb glauben Sie das? Hat Ihr Gatte Drohungen geäußert?»

«Nein, er hat nicht einmal gesagt, daß er von der Affäre weiß. Aber er weiß es. Ich schwöre es. Es ist die Art, wie er sich mir gegenüber in den letzten Tagen verhalten hat, es sind die Bemerkungen, die er macht, als ob er sich über einen Witz amüsiert, den nur er versteht. Und das Ganze scheint etwas mit dieser Flasche Saint-Oen zu tun zu haben, die im Speisezimmer eingeschlossen ist. Deshalb bin ich zu Ihnen gekommen. Sie müssen helfen. Sie kennen sich in diesen Dingen aus.»

«Madame, ich weiß nicht mehr, als daß der Saint-Oen für Ihre Dinner-Party am Samstag vorbereitet wird.»

«Ja, das hat Kyros auch gesagt. Aber *wie* er es sagte –» Madame Kassoulas beugte sich zu mir. «Sagen Sie mir eines: Ist es möglich, Gift in eine Flasche Wein zu praktizieren, ohne den Korken herauszuziehen? Ist das irgendwie möglich?»

«Ach, Unsinn. Können Sie denn wirklich glauben, daß Ihr Gatte Max vergiften will?»

«Sie kennen Kyros nicht so gut wie ich. Sie wissen nicht, wozu er fähig ist.»

«Auch zu einem Mord?»

«Auch zu einem Mord, wenn er sicher ist, ungeschoren davonzukommen. In meiner Familie erzählt man sich eine Geschichte, wie er in sehr jungen Jahren einen Mann umbrachte, der ihn um eine kleine Summe betrogen hatte. Er stellte sich dabei so geschickt an, daß die Polizei nie herausfand, wer der Mörder war.»

Da fielen mir plötzlich wieder Kassoulas'

Worte ein, daß er jedes Risiko einginge, wenn er glaube, die Sache sei es wert; ich spürte, wie es mir kalt über den Rücken lief. Viel zu deutlich sah ich vor meinem inneren Auge, wie die Nadel einer Spritze den Korken jener Flasche Saint-Oen durchstach und wie tödliches Gift in den Wein tropfte. Dann wurde mir plötzlich klar, wie unsinnig dieses Bild war.

«Madame», sagte ich, «ich will Ihre Frage so beantworten. Ihr Gatte hat nicht vor, irgend jemand auf Ihrer Dinner-Party zu vergiften, es sei denn, er wolle uns alle vergiften; aber ich bin sicher, daß ich auch eingeladen bin, um meinen Anteil am Saint-Oen zu kosten.»

«Und wenn nur in Max' Glas Gift getan wird?»

«Das wird nicht geschehen. Ihr Gatte hat zuviel Respekt vor Max' Geschmackssinn, um mit einem so plumpen Trick zu arbeiten. Wenn der Wein tot ist, wird Max es sofort merken und ihn nicht trinken. Wenn er noch gut ist, würde er jeden Zusatz beim ersten Schluck entdecken und den Rest nicht mehr anrühren. Übrigens, warum besprechen Sie die Angelegenheit nicht mit Max? Er ist doch derjenige, den sie am meisten angeht.»

«Ich habe es versucht, aber er hat mich bloß ausgelacht. Er sagte, ich bilde mir alles nur

ein. Ich weiß, warum er so reagiert. Er ist darauf versessen, diesen Wein zu probieren, und will sich durch nichts davon abhalten lassen.»
«Ich kann diese Haltung verstehen.» Ich war bemüht, von dem unangenehmen Thema loszukommen. «Und er hat recht, was Ihre Einbildung betrifft. Wenn Sie wirklich einen Rat von mir wollen, dann halte ich es für das Beste, daß Sie sich Ihrem Gatten gegenüber so benehmen, als sei nichts geschehen, und sich in Zukunft von Monsieur de Marechal fernhalten.»
Es war unter den Umständen der einzige Rat, den ich ihr geben konnte. Ich hoffte nur, daß sie nicht zu sehr in Panik begriffen war, um ihn zu befolgen. Oder zu verliebt in Max de Marechal.

Da ich mehr wußte, als gut für mich war, fühlte ich mich am Abend der Party äußerst unbehaglich. Daher sah ich mit Erleichterung, daß Madame Kassoulas sich glänzend in der Hand hatte, als ich zur Gesellschaft stieß. Bei Kassoulas konnte ich überhaupt keine Veränderung in seinem Verhalten ihr oder de Marechal gegenüber entdecken. Das schien mir ein überzeugender Beweis dafür, daß Madames schlechtes Gewissen zu lange und zu stark auf ihre Phantasie eingewirkt

hatte und daß Kassoulas von ihrer Affäre überhaupt nichts ahnte. Er war kaum der Mann, der sich gleichmütig Hörner aufsetzen ließ, und er war äußerst ruhig. Als wir zum Essen Platz nahmen, war es klar, daß ihn nur das Menü interessierte, vor allem, die Flasche Nuits Saint-Oen 1929, die vor ihm stand.
Die Flasche hatte drei Tage gestanden. Alles, was man nur hatte tun können, um den Zustand ihres Inhalts zu sichern, war geschehen. Die Raumtemperatur war mäßig warm; sie war konstant gehalten worden, seit die Flasche ins Zimmer gebracht worden war, und Max de Marechal hatte sie, wie er versicherte, täglich in regelmäßigen Abständen überprüft. Und dabei gewiß entzückt und entrückt die Flasche angestarrt und die Stunden bis zu ihrer Öffnung gezählt.
Da überdies die Tafel, an der unsere kleine Gesellschaft Platz nahm, groß genug für achtzehn oder zwanzig Menschen war, gab es große Abstände zwischen unseren Plätzen, aber auch Raum für die Flasche, die in einsamer Pracht außer Reichweite unbedachter Hände stand, die sie hätten umwerfen können. Die Diener machten deutlich einen weiten Bogen um sie. Joseph, der stämmige, verbissene Majordomus, der sie mit dräuendem Blick in den Augen überwachte, mußte

ihnen wohl Fürchterliches angedroht haben, falls sie ihr zu nahe kämen.
Jetzt mußte Kassoulas zwei gefährliche Prozeduren, die Vorspiele für das Ritual der Weinprobe, vornehmen. Normalerweise bleibt ein großer Wein wie der Nuits Saint-Oen 1929 stehen, bis sich der ganze Bodensatz unten, am Flaschenboden, abgesetzt hat. Dann wird er in eine Karaffe umgefüllt. Dieses Umfüllen sorgt nicht nur dafür, daß Sediment und Korkenreste zurückbleiben, es bedeutet auch, daß der Wein gehörig Luft bekommt. Je älter der Wein ist, desto länger muß er an die Luft, um die in der Flasche angesammelte Muffigkeit loszuwerden. Aber Kassoulas war entschlossen, den Saint-Oen zu ehren, indem er ihn direkt aus der Originalflasche servierte; daher hatte er sich die delikate Aufgabe gestellt, den Wein am Tisch so sorgsam zu entkorken, daß keine Korkenreste in die Flüssigkeit geraten würden. Nachdem der Wein bis zum Entree offengestanden hatte, würde er ihn so umsichtig einschenken müssen, daß der Weinstein in der Flasche nicht aufgestört würde. Er hatte drei Tage gebraucht, sich abzusetzen. Die geringste Panne beim Entkorken oder Einschenken, und es würde noch drei Tage dauern, bis man den Wein trinken konnte.

Sobald wir saßen, ging Kassoulas an seine erste Aufgabe. Wir beobachteten mit angehaltenem Atem, wie er den Flaschenhals fest ergriff und den Korkenzieher in der Mitte des Korkens aufsetzte. Dann drehte er langsam, sehr langsam, mit der Konzentration eines Sprengmeisters, der eine Bombe entschärft, den Korkenzieher. Er hatte vor, tief genug einzudringen, um einen Halt im Korken zu haben, so daß er gezogen werden konnte, wollte aber vermeiden, den Korken ganz zu durchbohren. Nur so konnten keine Korkstückchen in den Wein geraten.
Man braucht große Kraft, einen nicht ganz durchbohrten Korken aus einer Weinflasche zu ziehen, die jahrzehntelang verschlossen war. Die Flasche muß aufrecht und unbeweglich gehalten werden, das Ziehen muß vertikal und gleichmäßig geschehen, ohne Drehbewegung, die den Korken spalten würde. Ein altmodischer Korkenzieher ist das richtige Instrument dafür, weil er das Gefühl für exakte Korkenbewegung vermittelt.
Kassoulas' Hand ergriff die Flasche so fest, daß seine Knöchel weiß hervortraten. Seine Nackenmuskeln waren gespannt, die Schultern vorgeneigt. Trotz seiner gewaltigen Kraft schien es ihm unmöglich zu sein, den Korken zu bewegen. Aber er gab nicht nach, und am

Ende war es der Korken, der nachgab. Langsam und sanft wurde er aus dem Flaschenhals gezogen, und zum ersten Mal, seit der Wein vor vielen Jahren aus dem Faß gezapft worden war, konnte er jetzt wieder an der Luft atmen.
Kassoulas bewegte den Korken unter seiner Nase hin und her und roch daran. Er zuckte die Achseln, als er ihn an mich weiterreichte. «Unmöglich, auf diese Weise etwas festzustellen», sagte er, und er hatte natürlich recht. Der Duft feinen Burgunders, der dem Korken entströmte, bedeutete gar nichts, denn auch toter Wein kann ein gutes Bukett haben.
De Marechal machte sich nicht einmal die Mühe, den Korken anzusehen.
«Nur der Wein ist von Bedeutung», sagte er erregt. «Ganz allein der Wein. Und in einer Stunde werden wir sein Geheimnis kennen, sei es nun gut oder schlecht. Die Stunde wird uns lang erscheinen, fürchte ich.»
Mir kam es zunächst nicht so vor. Das Essen, das uns vorgesetzt wurde, war für mich eine mehr als ausreichende Ablenkung. Die Speisefolge war, als Tribut für den Nuits Saint-Oen 1929, etwa so arrangiert worden, wie ein klassischer Dirigent ein kurzes Programm leichterer Komponisten als Vorbereitung für

ein Meisterwerk von Beethoven arrangieren würde. Artischockenherzen in *sauce blanche*, Languste mit Champignons und, um den Gaumen zu reinigen, ungewöhnlich saures Zitroneneis. Einfache Gerichte, makellos zubereitet.
Und die Weine, die Kassoulas dazu ausgewählt hatte, sollten seinem Diamanten offenbar als Fassung dienen. Ein ordentlicher Chablis, ein respektabler Muscadet. Beide waren gut, keiner war dazu angetan, einem Connaisseur mehr als ein knappes zustimmendes Nicken zu entlocken. Das war Kassoulas' Art, uns zu sagen, daß nichts die herrliche Verheißung jener offenen Flasche Nuits Saint-Oen dämpfen würde.
Dann gerieten meine Nerven allmählich außer Kontrolle. Ich wurde immer gespannter, und während das Essen seinen Fortgang nahm, zog die Flasche Saint-Oen meine Augen magnetisch auf sich. Es wurde bald zur Qual, auf den Hauptgang zu warten und darauf, daß der Saint-Oen eingeschenkt würde.
Wem, fragte ich mich, würde die Ehre zuteil werden, den ersten Tropfen zu kosten? Kassoulas war als Gastgeber dazu berechtigt, aber er konnte jeden anderen, dem er seine Achtung erweisen wollte, dazu ausersehen.

Ich war mir nicht sicher, ob ich ausersehen werden wollte oder nicht. Ich war zwar auf das Schlimmste gefaßt, aber ich wußte, daß ich, wenn ich bei Tisch als erster entdeckte, der Wein sei tot, ein Gefühl haben würde, als müßte ich über den Wolken ohne Fallschirm aus einem Flugzeug aussteigen. Doch als erster zu entdecken, daß dieser größte aller Weine die Jahre überlebt hatte... Max de Marechal, der rot war vor zunehmender Erregung und sich ständig den Schweiß von der Stirn wischen mußte, hatte vermutlich dieselben Gedanken.

Endlich wurde das Hauptgericht aufgetragen, das *entrecôte de bœf,* das de Marechal vorgeschlagen hatte.

Dazu gab es lediglich eine Platte mit *petits pois.* Dann gab Kassoulas Joseph einen Wink, und der Majordomus schickte das Personal aus dem Zimmer. Es durfte nicht die geringste Störung geben, während der Wein eingeschenkt wurde, keine wie immer geartete Ablenkung.

Als sich die massiven Türen des Speisezimmers hinter der Dienerschaft geschlossen hatten, kehrte Joseph zur Tafel zurück und nahm bei Kassoulas Aufstellung, bereit für jeden Dienst, der von ihm verlangt würde.

Der Augenblick war gekommen.

Kassoulas nahm die Flasche Nuits Saint-Oen 1929. Er hob sie langsam, mit unendlicher Vorsicht, um den tückischen Bodensatz nicht aufzustören. Rubinrotes Feuer ging von ihr aus. Er hielt sie auf Armeslänge von sich entfernt und starrte sie gedankenverloren an.
«Monsieur Drummond, Sie hatten recht», sagte er abrupt.
«Ja?» sagte ich überrascht. «Inwiefern?»
«Daß Sie sich weigerten, das Geheimnis dieser Flasche zu erschließen. Sie haben einmal gesagt, daß diese Flasche, solange sie ihr Geheimnis bewahre, ein außergewöhnlicher Schatz sei, daß sie aber nach dem Öffnen sich vielleicht nur als eine Flasche schlechten Weins entpuppen könne. Ein Desaster. Schlimmer noch, ein Witz. Das war die Wahrheit. Und angesichts dieser Tatsache merke ich jetzt, daß ich nicht den Mut habe festzustellen, ob das, was ich hier in Händen halte, ein Schatz oder ein Witz ist.»
De Marechal wand sich fast vor Ungeduld.
«Dafür ist es jetzt zu spät», protestierte er heftig. «Die Flasche ist schon offen!»
«Dennoch gibt es noch einen Ausweg aus meinem Dilemma», sagte Kassoulas zu ihm. «Passen Sie auf. Sehen Sie gut hin.»
Sein Arm bewegte sich und nahm die Flasche aus dem Bereich des Tisches. Die Flasche

kippte langsam. Völlig verblüfft sah ich den Wein aus ihr fließen und sich auf das Parkett ergießen. Tropfen spritzten auf Kassoulas' Schuhe, näßten seine Hosenaufschläge. Die Lache auf dem Fußboden wuchs.

Ein unmenschlicher gurgelnder Laut von de Marechal riß mich aus meiner Erstarrung. Dann ein wilder Schrei des Entsetzens von Sophia Kassoulas.

«Max!», schrie sie. «Kyros, hör auf! Um Gottes willen, hör auf! Siehst du nicht, was du ihm antust?»

Sie hatte Grund zum Entsetzen. Auch ich geriet in Entsetzen, als ich de Marechals Zustand sah. Sein Gesicht war aschfahl, sein Mund stand weit offen, seine Augen waren auf den roten Strahl fixiert, der sich erbarmungslos aus der Flasche in Kassoulas' unerschütterlicher Hand ergoß, und traten ihm in wahnwitzigem Schrecken aus dem Kopf.

Sophia Kassoulas lief zu ihm, aber er stieß sie schwach zur Seite und versuchte, auf die Beine zu kommen. Seine Hände streckten sich flehend nach der jetzt fast leeren Flasche Nuits Saint-Oen 1929 aus.

«Joseph», sagte Kassoulas ungerührt, «kümmern Sie sich um Monsieur de Marechal. Der Arzt hat ihm verboten, sich während seiner Anfälle zu bewegen.»

Josephs eiserner Griff hinderte de Marechal am Aufstehen, aber ich sah, wie seine blasse Hand in einer Tasche herumsuchte. Ich fand meine Geistesgegenwart wieder.

«In seiner Tasche!» rief ich. «Er hat Tabletten!»

Es war zu spät. De Marechal griff sich plötzlich mit der bekannten Geste unerträglichen Schmerzes an die Brust; dann wurde sein ganzer Körper schlaff, sein Kopf sank nach hinten, seine Augen verdrehten sich und starrten blind an die Decke. Das letzte, was sie wahrscheinlich gesehen hatten, war, wie der Strahl des Nuits Saint-Oen zu einem Tröpfeln wurde, das Tröpfeln zu einem Sickern von Weinstein, das sich in der großen Lache auf dem Boden verdickte.

Für de Marechal konnte man nichts mehr tun, aber Sophia Kassoulas war am Rande einer Ohnmacht. Obwohl ich selbst schwach in den Knien war, half ich ihr auf ihren Stuhl und lief sie den Rest des Chablis in ihrem Glas trinken.

Der Wein drang durch ihre Betäubung. Sie saß da, atmete schwer und starrte ihren Mann an, bis sie die Kraft fand, etwas zu sagen.

«Du wußtest, daß es ihn umbringen würde», flüsterte sie. «Deshalb hast du den Wein gekauft. Deshalb hast du ihn ausgeschüttet.»

«Das reicht», sagte Kassoulas kühl. «Du weißt nicht, was du redest. Und du bringst unseren Gast mit deinem Ausbruch in Verlegenheit.» Er wandte sich an mich.
«Traurig, daß unser kleines Fest so enden mußte, Monsieur, aber solche Dinge passieren eben. Der arme Max. Bei seiner Veranlagung hat er sich das Unglück selbst zugezogen. Und Sie sollten jetzt besser gehen. Der Arzt muß gerufen werden, um ihn zu untersuchen und die nötigen Papiere auszufüllen. Diesen medizinischen Dingen beizuwohnen kann unangenehm sein. Es ist nicht nötig, Sie einer solchen Unannehmlichkeit auszusetzen. Ich werde Sie zur Tür bringen.»
Wie ich das Haus verließ, weiß ich nicht mehr. Ich hatte gesehen, wie ein Mord begangen wurde, und es gab nichts, was ich in dieser Sache tun konnte. Ganz und gar nichts. Allein laut auszusprechen, daß das, was ich gesehen hatte, Mord war, würde vor jedem Gericht ausreichen, mich wegen Verleumdung zu verurteilen. Kyros Kassoulas hatte seine Rache fehlerlos geplant und durchgeführt. Nach meiner bitteren Berechnung kostete sie ihn nicht mehr als hunderttausend Franc und den Verlust einer untreuen Ehefrau. Es war unwahrscheinlich, daß Sophia Kassoulas noch eine Nacht in sei-

nem Haus verbringen würde, und wenn sie es nur mit dem, was sie auf dem Leibe trug, verlassen mußte.
Nach dieser Nacht hörte ich nie wieder von Kassoulas. Dafür wenigstens war ich dankbar.

Nun, sechs Monate später, saß ich an einem Tisch in einem Café in der Rue de Rivoli mit Sophie Kassoulas, die, wie ich, den Mord miterlebt hatte und, wie ich, hilflos zum Schweigen verurteilt war. Angesichts des Schocks, den mir unser Zusammentreffen verursachte, mußte ich ihre Gefaßtheit bewundern, als sie sich besorgt um mich bemühte, darauf achtete, daß ich einen Kognak trank und dann noch einen zweiten, lebhaft über Unwesentliches plauderte, als ob dadurch die Erinnerung an das Vergangene in unseren Köpfen ausgelöscht werden könnte. Sie hatte sich verändert, seit ich sie zuletzt gesehen hatte. Zum Besseren verändert. Aus dem scheuen jungen Mädchen war eine schöne Frau geworden, die Selbstbewußtsein ausstrahlte. Das war nicht schwer zu erklären. Irgendwo, dessen war ich mir sicher, hatte sie den richtigen Mann gefunden, und diesmal war es kein Untier wie Kassoulas und kein Casanova-Verschnitt wie Max de Marechal.
Nach dem zweiten Kognak war ich fast wieder

ich selbst, und als ich meine Samariterin auf ihre kleine juwelenbesetzte Armbanduhr schauen sah, entschuldigte ich mich, daß ich sie aufgehalten hatte, und dankte ihr für ihre Freundlichkeit.
«Eine kleine Gefälligkeit für einen so guten Freund», sagte sie vorwurfsvoll. Sie erhob sich und sammelte Handschuhe und Tasche ein. «Aber ich habe Kyros versprochen, daß ich ihn –»
«Kyros?»
«Aber natürlich. Kyors. Mein Mann.» Madame Kassoulas sah mich verwundert an.
«Also leben Sie noch mit ihm zusammen?»
«Ja, sehr glücklich.» Dann hellte sich ihr Gesicht auf. «Sie müssen entschuldigen, daß ich so schwer von Begriff bin. Ich habe etwas Zeit gebraucht, um zu verstehen, warum Sie eine solche Frage stellen.»
«Madame, ich muß um Entschuldigung bitten. Schließlich –»
«Nein, nein, Sie hatten alles Recht, sich danach zu erkundigen.» Madame Kassoulas lächelte mir zu. «Aber ich erinnere mich manchmal nur noch schwer daran, daß ich jemals mit Kryos unglücklich war. In jener Nacht hat sich alles für mich so völlig verändert –»
Sie sah mich an. «Aber Sie waren doch dabei,

Monsieur Drummond. Sie haben selbst gesehen, wie Kyros die Flasche Saint-Oen auf den Fußboden gegossen hat, nur meinetwegen. Welch eine Offenbarung! Welch ein Erwachen! Und als mir dämmerte, daß ich ihm wirklich mehr bedeutete als selbst die letzte Flasche Saint-Oen 1929 auf der Welt, als ich den Mut fand, an diesem Abend in sein Zimmer zu gehen und ihm zu sagen, welche Gefühle das bei mir ausgelöst hatte – oh, lieber Monsieur Drummond, seitdem haben wir den Himmel auf Erden!»

Die sieben tugendhaften Todsünden

Schon als kleines Bürschchen hatte Charles begriffen, daß er äußerst glücklich dran war: Er war von guter Herkunft, hatte einen scharfen Verstand und überwältigenden Ehrgeiz. Dieser Ehrgeiz war in der Tat so fieberhaft, so rasend, daß sein Vater Anlaß zu schweren Bedenken darin sah, noch ehe der Knabe aus den Kinderschuhen heraus war. Solche Bedenken aber bewegten Charles nicht. Sein Vater war ein guter Mann, ein liebenswürdiger, bescheidener Geistlicher, der sein Leben in der vornehmen Armut seines Berufes verbrachte, den man aber kaum als passendes Vorbild für einen ehrgeiz-besessenen Sohn hätte bezeichnen können. Außerdem hatte sich Charles schon selber ein weit würdigeres Vorbild gewählt – keinen anderen als den berühmten Magnaten P. O. D. Immergrün, Gründer und Präsident der Immergrün-Werke.

Obschon erst spät im Rennen aufgetaucht, hatten sich die Immergrün-Werke doch im Handumdrehen zur gigantischsten aller Gesellschaften entwickelt. Sie produzierten und verkauften jedes nur denkbare Produkt, aus dem sich Gewinn schlagen ließ. Sie ebneten

Wälder ein, erschlossen Ölquellen, bohrten Minen, errichteten Fabriken, durcheilten Länder, Meere und Lüfte mit ihren Transportern und betrieben ihre Werbung in allen möglichen Massenkommunikationsmitteln. Die Banken verwahrten die Wertpapiere der Immergrün-Werke im gleichen Fach mit den Aktien der Regierung. Lebenslustige Witwen kauften Immergrün-Anteile mit der Zuversicht, daß ihr Lebensabend nunmehr glücklich verlaufen würde. Große Staatsmänner zogen ihren Hut, wenn sie den Namen aussprachen. Es galt als Auszeichnung, wenn man auch nur als jüngere Führungskraft in der Firma tätig war. Und für einen ehrgeizigen jungen Mann, der einer solchen Auszeichnung teilhaftig wurde, sah die Zukunft rosig aus. Aus diesen Gründen fuhr Charles – gleich nachdem er *summa cum laude* auf der Hochschule für Handel in der großen New-England-Universität promoviert hatte – zum New Yorker Büro der Immergrün-Werke Inc. und bewarb sich um eine Stellung. Er wurde in die Personalabteilung geschickt und hier des längeren ausgefragt, mußte sich dann unzähligen Tests unterziehen, um danach wieder ausgefragt zu werden. Es wurde ihm fernerhin mitgeteilt, daß diese Prozedur nur dazu diene, herauszufinden, ob man in Betracht ziehen könne, ihn bei einem abschließenden und schicksalsschweren Gespräch P. O. D. Immergrün persönlich gegenüberzustellen. P. O. D., dieses Vorbild von einem Chef, war so emsig in seinem Bemühen, den richtigen Mann für den richtigen Job auszusuchen, daß jeder für würdig befundene Bewerber um eine Stelle im Managerstab der Gesellschaft von ihm persönlich beurteilt wurde. Schließlich kam der Tag, an dem Charles in das Büro geführt wurde, wo, hinter einem wuchtigen Schreibtisch, sein Idol thronte; Herr des größten Industrie-Reiches der Erde, Zechkumpan von Präsidenten und Königen – dabei doch eine schlichte, anspruchslose Gestalt, beinahe väterlich in der Art, wie er seine Sekretärin entließ und Charles winkte, sich zu setzen.

Er sagte: «Nun, mein Junge, wir werden uns ein wenig unterhalten, und ich glaube, du wirst unsere Unterhaltung seltsam finden. Wahrhaftig, ich glaube, du wirst dieses Gespräch sogar schockierend finden. Weil wir nämlich ohne scheinheiliges Getue reden werden und nicht in der zimperlichen zuckersüßen Sprache, mit der du ohne Zweifel aufgewachsen bist. Verstehe mich nicht falsch. Ich habe nichts gegen den feinen moralistischen und gesellschaftlichen Jargon, wie er außerhalb der Grenzen dieses Büros angewandt wird. Tatsächlich gestatte ich ihn mir selber in der Öffentlichkeit aus dem Grund, daß es immer gut fürs Geschäft ist, das zu bieten, was der Kunde wünscht. Aber innerhalb dieser vier Wände will ich nichts davon hören. Verstehst du das?»

Charles versicherte, daß dem so sei.

«Ausgezeichnet. Und nun erzähl mir in einfachen und ungeschminkten Worten, warum du bei unserer Firma arbeiten willst.»

Darauf war Charles vorbereitet. Er sagte: «Ich suche nach dem größten und besten Markt für meine Talente. Hier kann ich wertvolle Dienste leisten, die ...»

Ein Blick aus den Augen des Präsidenten ließ ihn einhalten. P.O.D. Immergrün wartete einen Moment und sagte dann sanft: «Mein Junge, das ist mir zuviel Glibber. Ich habe dich nicht beauftragt, ein Traktat zur Bekehrung der unwissenden Heiden abzufassen – das ist hier nicht unsere Sache. Oder hast du einen anderen Eindruck?»

Charles senkte den Kopf.

«Komm, komm», sagte P.O.D. Immergrün, «du hast gar keinen Grund, so niedergeschlagen zu sein. Du hast schlecht angefangen, aber das ist doch jedem passiert, den ich je befragt habe. Es ist notwendig, all den scheinheiligen Ballast abzustoßen, ehe wir zu kristallklaren Wassern gelangen. Und selbst dann habe ich erfahren, daß manche Bewerber darauf bestehen, ihre Motive in Worten wie ‹Sicherheit› und ‹gesellschaftliche Stellung› auszudrücken. Das wäre allerdings fatal für deine Aussichten, mein Junge. Ich möchte, daß du die ehrlichen Ausdrücke dafür – nämlich ‹Geld› und ‹Macht› – gebrauchst bei dieser Diskussion. Denn, mit einem Wort, das sind doch deine Motive, hab ich nicht recht?»

«Ich bin nicht ganz sicher», sagte Charles ein wenig erschüttert. «Ich habe es, glaub ich, noch nie von dieser Seite betrachtet.»

«Natürlich hast du das. Man hat dir nur einfach gestattet, das Bewußtsein dieser Tatsache dir selber gegenüber mit dem Wortschatz zu verhehlen, den man dir beigebracht hat. Du möchtest Sicherheit, mein Junge, in der Form von Dollars, die du ausgeben kannst, wie du willst, und du möchtest eine gesellschaftliche Stellung, die auf der Macht basiert; je größer die Macht, die du ausübst, um so erhabener die Stellung. Und ich billige das von Herzen, ebenso wie ich deine Bewerbung bei den Immergrün-Werken billige, wo solche Ambitionen am besten befriedigt werden können. Die Immergrün-Werke sind –

wie du selber sagtest – die größten und die besten. Hast du eine Ahnung, warum?»
«Nun, fürs erste die vielen Produkte...»
«Nein, nein. Gerate mir nicht wieder in diese Geleise. Wir liefern den Kunden nichts, was nicht so manch andere Firma genausogut liefert. Und manchmal sogar billiger, was das betrifft.»
Charles griff verzweifelt nach einem Strohhalm: «Leistung, ist es das? Es ist weit verbreitet, daß die Immergrün-Werke einen Stand der Leistung aufweisen, wie er bei keinem ihrer Konkurrenten zu finden ist.»
«Da hast du recht, mein Junge, und hier ist die Antwort darauf: Vom untersten Unter-Abteilungsleiter bis hinauf zum Aufsichtsratsvorsitzenden ist Leistung das Glaubensbekenntnis. Und wie wir dieses Höchstmaß an Leistung erreichen, das ist das Geheimnis unseres Erfolges. Dieses Geheimnis befähigt uns, das talentierteste Managerteam in der Welt zu bilden, dieses Team zusammenzuhalten jahrein, jahraus ohne jeglichen Personalwechsel – eine ungeheuerliche Tatsache an und für sich, wie du zugeben mußt –, und ein Höchstmaß an Einsatz allzeit von diesem Team zu erhalten. Was hältst du davon?»
Charles sagte mit tiefer Bewegung: «Ich habe

immer gewußt, daß mein Platz hier ist, Sir. Nun bin ich dessen gewisser als je zuvor.»

«Ich freue mich, daß du das sagst – es beweist mir die Art von Geist, die wir hier brauchen. Aber ich frage mich, ob du auch noch so denken wirst, nachdem ich dir ganz genau erklärt habe, was hier von dir als einem Mitglied dieses Teams erwartet wird. Es ist recht und billig, mein Junge, daß ich dich warne, denn diese meine Erklärung wird dich auf die härteste Probe stellen.»

Er sprach mit einer Güte, die den jugendlichen Bewerber rührte. Charles war fest entschlossen, seinen Mut unter Beweis zu stellen. Er sagte ruhig: «Ich bin bereit, mich jeder Art von Probe zu unterziehen, Sir.»

«Das hoffe ich, und ich will nun auf den Fall selber zu sprechen kommen, indem ich dir sage, daß ich – ehe ich diese Organisation hier gründete – die Probleme der anderen auf diesem Gebiet sorgfältig studiert habe. Eine Schwäche war bei ihnen allen sehr schnell zu erkennen: Sie waren einfach nicht in der Lage, den vollen Einsatz ihrer Angestellten zu erreichen. Jeder hochbezahlte Mann bei ihnen war so überfüttert mit dem moralischen Unsinn, mit dem man ihn erzogen hatte, daß er sich einfach nicht voll und ganz einem Job hingeben konnte, bei dem natürlich eine realistischere Haltung vorherrschen muß. Es gab immer eine Kluft zwischen dem, was er als junger Mensch gelernt hatte, und dem, was er zum Nutzen seiner Firma zu tun hatte. Es war unvermeidlich, daß er sich schuldig fühlte und zu Neurosen neigte. Das war der übliche Zustand. Ist es übrigens immer noch, aber nicht hier bei uns. In den oberen Positionen der Immergrün-Werke wirst du nur Männer finden, die ausgeglichen und anpassungsfähig sind, willens, für den Job ihr Bestes zu tun.»

«Aber wie hat man das erreicht?» fragte Charles mit eifrigem Interesse.

«Ganz einfach, mein Junge, hast du jemals von den sieben Todsünden gehört?»

«Natürlich. Mein Vater ist Geistlicher, und ich bin auf diesem Gebiet gut unterrichtet.»

«Um so besser für dich. Kannst du sie mir aufzählen?»

«Sicher», sagte Charles. «Es sind Hoffart, Neid, Zorn, Trägheit, Geiz, Völlerei und Wollust.»

«Ganz richtig. Und hast du jemals einer davon gefrönt?»

Charles war sprachlos.

«O komm, komm, mein Junge», sagte P. O. D. Immergrün jovial. «Kein Grund, um rot zu werden. Kein Grund, etwas zu verschweigen.

Wenn es dich tröstet, laß mich dir sagen, daß ich selber diese angeblichen Sünden keineswegs als solche betrachte. Im Gegenteil, sie sind genau die Fundamente, auf denen hier bei uns die Moral aufgebaut ist.»

Charles witterte eine Falle. «Wirklich?» fragte er vorsichtig.

«Ja, wirklich. Und nun zwinge dich mal, an diese Sünden nicht als Sünden, sondern als Tugenden zu denken, und dann achte darauf, ob du nicht im selben Augenblick ein herrliches Gefühl der Befreiung verspürst. Ein Gefühl der Erleichterung, der Zuversicht, des Wohlbefindens. Aha, an deinem Gesichtsausdruck kann ich sehen, daß dem so ist. Es ist ein bemerkenswertes Gefühl, nicht wahr?»

Er hatte recht. Aber dann überfielen Charles Zweifel. Er sagte: «Ich verstehe nicht ganz...»

«Das kommt schon, mein Junge, das kommt schon noch.»

Die Zweifel blieben. Charles sagte: «Aber nehmen wir zum Beispiel Hoffart... Stolz... Wenn ich hier Stolz zur Schau trüge, würde man mir das nicht übelnehmen?»

«Ja. Aber es würde gleichzeitig deinen Wert auch denen klarmachen, die ihn kennen sollten und auf andere Weise vielleicht nie davon erführen. Stell dir vor, du arbeitest hier in

einer untergeordneten Position. Du hast eine Idee und machst einen guten und nutzbringenden Vorschlag. In jeder anderen Firma würde dein nächster Vorgesetzter dir die Idee stehlen und den Verdienst für sich einheimsen. Aber hier erwartet man von dir, daß du deinen Stolz über diese Idee so laut werden läßt, daß die Ehre dafür gerechterweise dir zuteil wird.»
«Das genau meine ich ja. Ohne Zweifel wird diese Haltung meinen nächsten Vorgesetzten und viele andere neidisch auf mich machen.»
«Allerdings, das wird es. Der blasse Neid wird sie auffressen, bis sie mit einer Idee ankommen, die die deine übertrifft. Dann ist die Reihe wieder an dir. Und auf diese Weise gelangen wir alle zum Wohlstand. Die Zivilisation ist auf Neid aufgebaut. Das Menschengeschlecht hat noch immer Nutzen aus dem Neid gezogen. Wir wollen das nicht verächtlich machen.»
Charles dachte darüber nach. «Aber», sagte er herausfordernd, «was ist mit dem Zorn? Ganz bestimmt kann man den Zorn auf keinen Fall nutzbar machen.»
«Nicht? Dann stell dir vor, deine großartige Idee wird zur Ausführung in die Hände eines Untergeordneten gelegt und der – durch

Unfähigkeit oder Nachlässigkeit – verpfuscht sie aufs übelste. Wie willst du dich gegen die Wiederholung eines solchen Mißgeschicks schützen? Durch Zorn, mein Sohn, durch gewaltigen Zorn, der sich gegen den Schuldigen wendet und ihm eine Lektion erteilt, die er nicht vergißt. Wenn es sich herumspricht, daß du jederzeit unbändigen Zorn entwickeln kannst, dann wirst du finden, daß man deine Anordnungen mit unheimlichem Fleiß ausführt. Es liegt eine magische Kraft in ungezügelter schlechter Laune, glaube mir das.»

«Ja», gab Charles zu, «jetzt sehe ich's auch. Und ich nehme an, daß selbst Trägheit... nein, es tut mir leid, aber ich kann in der Trägheit keinen Vorteil fürs Geschäft sehen.»

«Weil du noch jung bist und wirklichkeitsfremd. Aber Trägheit in ihren verschiedensten Formen – die heimliche Kaffeepause, die verlängerte Mittagszeit, das Einnicken am Schreibtisch, ja, und ein Dutzend anderer Variationen – ist das feinste Werkzeug, um den Verstand zu schärfen. Sich nicht erwischen lassen, das ist der Trick. Die Rolle des höheren Angestellten ist nichts für den Kuli; sie gebührt demjenigen, der die immense Fähigkeit, seine Trägheit zu verheimlichen, am besten entwickelt hat.»

«Das ist schwer zu glauben», sagte Charles.
«Und dennoch wahr. Zeig mir den Mann, der sich in Ewigkeit mit den Einzelheiten seines Jobs abrackert, und ich sage dir, er ist der geborene Schreiberling. Aber zeige mir den Mann, der sich abzurackern scheint und es gar nicht tut, und ich sage dir, er ist der zukünftige Aufsichtsratsvorsitzende.»
Charles war hocherfreut, das zu hören. Abgesehen von seinem fieberhaften Ehrgeiz, war er von Natur aus träge. Das hatte ihn manchmal beunruhigt, aber nun sah er, daß es ihn künftig nicht mehr beunruhigen würde.
P. O. D. Immergrün sagte: «Ja, und die anderen sogenannten Sünden sind ebenfalls die schönsten Tugenden, wenn du sie ehrlich und verständig betrachtest. Vom Geiz muß ich ja wohl kaum noch reden: Er ist die treibende Kraft hinter jedem Mann, der überhaupt was taugt. Und Völlerei und Fleischeslust sind heutzutage durchaus zu ihrem Recht gekommen – ich spreche jetzt natürlich in praktischen Begriffen. Der Mann der Immergrün-Werke, der Versammlungen besucht oder Geschäftsreisen unternimmt, ist in jeder Beziehung der Repräsentant der Firma. Wenn er es fertigbringt, die Konkurrenz unter den Tisch zu essen und zu trinken

und sie auch im Bett zu übertreffen, so gilt das Prestige, das er damit erlangt, den Immergrün-Werken, und mit dem Prestige wächst das Geschäft. Als Mitarbeiter unserer Firma hat er natürlich einen großen Vorteil: Es wird erwartet, daß er sich diesen Tätigkeiten ohne Schuldgefühl und ohne Hemmungen widmet. Niemand wird je seine Spesenrechnungen beanstanden, noch nach seiner Moral fragen. Er ist in jeder Beziehung ein freier Mann. – Du siehst, mein Junge, da ist gar nichts Mysteriöses an unserem Erfolg hier. Unsere Spielregeln sind dieselben wie anderswo, aber anstatt sich schuldig zu fühlen, wenn man sie anwendet, sollst du erkennen, wie weise und vernünftig sie sind, und auf sie stolz sein. Das ist alles.»

Der Ausblick in eine glänzende Zukunft schwamm vor Charles' Augen in goldenem Dunst. Er sagte: «Wie einfach und logisch das alles erscheint. Und doch, welche Eingebung: Einem Mann erlauben, er selber zu sein, ihn zu veranlassen, immer und zu allen Zeiten natürlich zu handeln...»

«Ja, mein Junge, und ihm damit wiederum zu seinem eigenen Aufstieg zu verhelfen... zugegeben, es war eine Eingebung. Aber schließlich... solche Eingebungen sind mein Job. Wenn ich nicht ab und zu mit so etwas aufwarten könnte, hätte ich kein Anrecht auf meine hohe Position.»

Sein freundlicher Ton erfüllte Charles mit Zuversicht. Er sagte kühn: «Ich beneide Sie um diese Position, Sir. Ich möchte nichts lieber, als Sie davon verdrängen und Ihren Platz einnehmen.»

P. O. D. Immergrün erhob sich und streckte seine Hand aus. «Und diese Chance sollst du haben, mein Junge. Wenn ich noch irgendwelche Zweifel an deinen guten Qualitäten gehabt habe, so sind sie durch das, was du eben gesagt hast, völlig behoben.» Er schüttelte Charles' Hand mit kräftigem Griff. «Hier, das ist unser Vertrag, mehr braucht es nicht. Ich bin sicher, daß du den Immergrün-Werken eine Menge zu geben hast, und dafür bieten sie dir eine Zukunft ohne Grenzen. Wann möchtest du anfangen?»

«Sofort», sagte Charles.

«Gut. Dann werde ich dir gleich noch die letzten Instruktionen geben. Fürs erste wirst du daran denken, daß unsere kleine Unterredung hier absolut vertraulich war. Es wird unvermeidlich sein, daß unsere Konkurrenten die Lösung ihres Problems herausbekommen werden. Aber ich sehe keinen Sinn darin, ihnen auch noch dabei zu helfen. Mehr noch, solltest du das, was hier gesagt wurde, der Welt im allgemeinen anvertrauen, so würde es mißverstanden werden, und du allein wärst der Leidtragende. Du verstehst das natürlich.»

«Natürlich.»

«Ich weiß es. Und morgen fängst du als Assistent eines Abteilungsleiters an. Du wirst ein Jahr lang auf dieser Stelle bleiben, und es wird mehr oder weniger ein Probejahr sein. Alles hängt davon ab, wie du dich während dieser Zeit führst. Danach wirst du dich wieder bei mir melden, und ich werde dann entscheiden, ob du geeignet bist, fest angestellt zu werden.» Er lächelte gewinnend. «Wie du siehst, mein Junge, halte ich gerne alle Fäden selber in der Hand.»

In der Art, wie er das sagte, lag eine gewisse Müdigkeit, und Charles wurde auf einmal ganz demütig.

«Sie können auf mich zählen, Sir», sagte er. Er stand von seinem Stuhl auf, er wollte seinen Abschied nicht länger hinauszögern. «Ist sonst noch etwas?»

«Noch manches, mein Junge, aber das mußt du selber durch Erfahrung lernen. Viel Glück dabei.»

Es war auf den Tag ein Jahr später, als Charles wieder in das Büro seines Präsidenten gerufen wurde. Er wußte, daß er gute Arbeit geleistet hatte in diesem Jahr. Vom Ehrgeiz getrieben, von dem guten Rat, den man ihm gegeben hatte, geleitet, hatte er sich mächtig angestrengt, um sein Ziel zu erreichen. Und doch, als er das Empfangszimmer von P. O. D. Immergrün betrat, fühlte er Besorgnis aufsteigen. Wußte man um seine Anstrengungen? Würde man sie zu schätzen wissen? Die Frage beschäftigte ihn.

Aber P. O. D. Immergrün beschwichtigte seine Befürchtungen im Nu. Er sagte mit Rührung: «Mein Junge, du hast deine Pflichten vortrefflich erfüllt. Ich habe viele Berichte über dich erhalten, und aus allen geht klar hervor, daß du nicht nur viele Talente hast, sondern auch ein Höchstmaß an Haß und Respekt in deiner Abteilung hervorgerufen hast. Das ist das Erfreulichste an deinem Zeugnis. Du wirst diese Abteilung übernehmen.»

Charles suchte nach Worten. «Das danke ich alles Ihnen, Sir», brachte er mühsam hervor.

«Nein, nein, mein Junge. Das verdankst du einzig und allein deinem Charakter, deiner Entschlossenheit, um jeden Preis Erfolg zu haben. Aber sage mir eins: Du hast nun ein Jahr lang nach meinen Vorschriften gelebt. Hast du dich während dieser Zeit auch nur ein einziges Mal dabei ertappt, daß du an

ihrer Weisheit, an ihrem Weg gezweifelt hast?»
«Niemals», sagte Charles und schlug mit der Faust auf den Schreibtisch vor ihm. «Nicht einmal dann, als mir klar wurde, daß ich dadurch meine unsterbliche Seele der Hölle verschrieb!»
«Hölle?» P. O. D. Immergrün erhob sich und stand da, eine mächtige Gestalt, unheimlich in seiner Majestät. «Du wagst es, dieses Wort hier zu gebrauchen?» Dann wurden seine Augen feucht vor Sehnsucht; seine Worte waren sanft und erfüllten Charles mit furchtbarer Erleuchtung.
«Von nun an bis in alle Ewigkeit, mein Junge, darfst du jenen Ort nie mehr anders nennen als die Hauptverwaltung.»

Inhalt